카라카스
수업의 장면들

카라카스 수업의 장면들:
베네수엘라가 여기에

초판 1쇄 인쇄 2024년 1월 6일
초판 1쇄 발행 2024년 1월 16일

지은이 서정
펴낸이 김민정
책임편집 권현승
편집 유성원 김동휘
디자인 Plate(조태용)
저작권 박지영 형소진 최은진 서연주 오서영
마케팅 정민호 박치우 한민아 이민경 박진희 정경주 정유선 김수인
브랜딩 함유지 함근아 박민재 김희숙 고보미 정승민 배진성 박다솔 조다현
제작 강신은 김동욱 이순호
제작처 영신사

펴낸곳 (주)난다
출판등록 2016년 8월 25일 제406-2016-000108호
주소 10881 경기도 파주시 회동길 210
전자우편 nandatoogo@gmail.com
페이스북 @nandaisart 인스타그램 @nandaisart
문의전화 031-955-8853(편집) 031-955-2689(마케팅) 031-955-8855(팩스)

ISBN 979-11-91859-71-3 (03810)

· 난다는 (주)문학동네의 계열사입니다.
· 잘못된 책은 구입하신 서점에서 교환해드립니다.
· 기타 교환 문의 031-955-2661, 3580

카라카스 수업의 장면들

베네수엘라가 여기에

서정 지음

이 순간 이 장소를 단단히 붙들어라.

미래는 남김없이 이곳을 지나쳐 과거로 몸을 던지나니……

제임스 조이스

프롤로그

작동하지 않는 도시

카라카스에서 몇 년간 살게 되었다.

미지의 도시에 대한 호기심으로 충만한 사람이라 해도 '카라카스'에 가서 '살라'고 하면 순간 얼음이 되어버리지 않을 수 없으리라. 그럼 이제 선명해지는 건가? 우리의 '미지'란 실은 특정한 톤을 지닌 판타지에 지나지 않았다는 것을. 이제 인정해야 하는 건가? 우연한 위험보다는 당연한 친절을 기대해왔다는 것을.

기구한 사연이 있는 것은 아니다. 그저 밥벌이의 문제. 하지만 장기 여행이 아니라 임시 정주이니 문제는 간단치 않다. 뉴욕이나 도쿄, 뉴델리라면 머릿속에 단번에 그려지는 이미지가 있었을 것이고, 케이프타운이나 소피아, 타슈켄트였어도 대충 그랬을 것이다. 영어로 말하는 데 큰 각오가 필요하지는 않다. 한글을 사용할 때보다 좀 더딜지언정 영어로 된 글을 읽고 쓰는 일도 크게 겁나는 일은 아니고. 오랫동안 공부하고 일하며 살았던 나라의 언어인 러시아어 역시 마찬가지다. 그러나 남미라니. 베네수엘라, 카라카스라니. 남미는 스페인어나 포르투갈어를 이해하지 못하면 일상적인 소통조차 거의 불가능하다.

게다가 베네수엘라는 우고 차베스 사후 정치, 사회, 경제적 공황 상태에서 헤어나지 못하고 있고, 엘살바도르, 온두라스 같은 중미 국가들과 살인율 세계 1, 2위를 다툴

임시 숙소에서 보낸 카라카스의 밤. 순식간에 구름이 차양을 드리운다.

만큼 치안 상태가 매우 불안하다 하지 않는가. 설상가상으로 최근 몇 년간 북미와 유럽으로 들고 나는 카라카스 연결 직항 비행편이 하나둘 사라져가고 있었다. 항공사에 대한 대금 결제가 무기한 미루어지면서 그렇게 되기도 했고, 미국의 정치적 결정으로 갑자기 강력한 수준의 경제제재가 이어져서이기도 했다. 언어도 깜깜인데 여차하면 달아날 퇴로조차 확보하지 못하는 처지라니!

아르헨티나에는 보르헤스가, 칠레에는 아옌데가, 페루에는 바르가스 요사가, 콜롬비아에는 마르케스가 있어서 비록 한 번도 그 땅에 대한 실제 경험이 없었어도 그곳에 사는 사람들이 무엇 때문에 고난받고 무엇으로 가슴

뜨거워지는지 짐작하는 바 있었다. 하지만 베네수엘라에 대해서 머릿속에 떠오르는 것이라고는 차베스라는 이름이 전부였다. 그러나 그럴 리가 있겠는가. 차베스를 빼놓고 이야기한다면 진실이 아니지만, 차베스만 가득한 이야기도 진실이 아닌 것, 그것이 베네수엘라의 수도, 남미 최대의 메트로폴리스 중 한 곳인 카라카스의 프로필이었다.

이 문제적 도시에서의 생활을 시작하며 나는 러시아 혁명 전야에 비관적 예감에 잠겨 있던 비평가 바실리 로자노프의 산문을 떠올리기도 했다. 그는 혁명이 낳은 혼란에도 불구하고, 이데올로기적으로가 아니라 '필사적 절망'과 의지의 분출이라는 점에서 혁명이 정당하다고 말한다.

> 굶주린 이들은 그대로 굶주려 있지만, 어쨌든 혁명은 옳다. 그러나 그것은 이데올로기적으로가 아니라, 갑작스러운 돌격이자 의지이며 절망으로서 옳다. (…) 모든 사회주의적 이론은 다음의 명제로 결론지어진다. '나는 먹고 싶다.' 이 명제 자체는 옳지 않은가. '주 하느님 자신조차도 이에 반대하는 말은 하지 않을 것이다.' '나에게 위장을 준 그는 먹을 것도 줄 의무가 있다.' 우주의 이치다.
> 그렇다. 그러나 몽상가는 옆으로 물러선다. 그는 심지어 먹을 것보다도 자신의 몽상을 더 사랑하기 때문이다. 그런데 혁명에는 몽상을 위한 것은 아무것도 없다.

> 자, 그래서, 혁명에는 몽상을 위한 것이 아무것도 없다는 이유만으로 혁명은 성공하지 못할 것이다. '깨진 그릇은 많을 것이다.' 그러나 '새 건물은 지어지지 않을 것이다'. 녹초가 되도록 몽상을 할 수 있는 자만이 건설할 수 있기 때문이다.
>
> 바실리 로자노프, 『고독 Уединённое』, Издательство политической литературы(정치문학사, 모스크바), 45쪽.

카라카스에 도착한 지 근 석 달이 되어가고 있을 때, 살 집을 구하고 이삿짐을 풀어 일상의 공간을 정비하고 나서 나는 스페인어를 배우기 시작했다. 그리고 1년 가까이 되자 묻고 싶은 것을 묻고, 들은 것을 정리하고, 쓰인 말들을 찾아 읽을 마음이 차올랐다. 말의 세계가 열리자 도시 풍경의 겉모습에 머물던 내 두 눈에서 두려움이라는 허물이 천천히 벗겨져나가기 시작했다. 귀에서도 비늘이 떨어져나갔다. 걷다보니 보고 듣게 된 것인지 보고 들을 마음이 생겨 걷게 된 것인지는 알 수 없다. 그렇게 오늘의 들을 이유는 내일의 말할 이유가 되고 도시 풍경은 사람 풍경이 되었다. 몽상가들의 도시 카라카스. 이 도시 이야기를 이제 시작하려 한다.

1부. 보다 친밀한

1. 아빌라가 여기에

바예아리바 회색집(벽은 원래 거의 미색이었지만 세월이 지나며 생긴 표면의 균열을 메우느라 펴 바른 회반죽 같은 물질 때문에 나는 우리집을 이렇게 부른다)에 처음 들어왔을 때 깜짝 놀란 건 새소리 때문이다. 아주 선명하게 들리는 다양한 새소리와 함께 아침이 열린다. 매미 소리라면 몰라도 새소리는 한적한 곳이라야 귀에 잘 들어온다. 보행자와 통행 차량이 뒤엉켜 경적이 끊이지 않는 차카오 지역이 지척인데 언덕 높이 올라와 앉은 덕에 이곳은 보통 고즈넉하고 때로 적막하기까지 하다. 인간에게서 나온 소리 자체가 드문 상태라고 할 수 있다. 게다가 저기 카라카스 시내를 두르고 있는 거대한 병풍 아빌라산이 손에 잡힐 듯 가까이 있지 않은가. 아빌라는 카라카스 주민들의 어머니다. 카리브해를 등지고 카라카스를 품어 안은 듯한 자세로 깊고 넓게 팔을 벌리고 있다. 가장 낮은 봉우리는 해발고도가 120미터 정도라지만 능선 너머에는 2,765미터에 이르는 높은 봉우리 피코 나이과타가 있다. 이마와 콧날이 입체적인 북유럽인들의 얼굴처럼 그 능선은 자존심이 매우 강해 보인다. 우리집 창문에서는 겨우 아빌라의 어깨에서 정수리까지만 볼 수 있을 따름이지만 거리감을 잊게 하는(왜냐하면 압도적인 상대에게로 내가 1킬로미터 정도 가까이 다가간다 해서 별로 달라질 것이 없기에)

비현실적인 화면으로 아빌라는 늘 거기에 있을 뿐이다.
나는 이 아빌라를 맘대로 내 개인의 보초로 삼아버렸는데
(사실 규모로 본다면 군대라 해야겠지만) 이 보초가
나를 보호하는 자인지 나를 위협하는 자인지는 확실치가
않다. 깨질 듯 투명한 파란 하늘 아래서 우뚝 솟은 모양새가
늠름하고 믿음직스럽다 안심하고 있을라치면 어느새
안개비와 구름옷을 두르고 그 음흉한 속을 알 수 없게
감쪽같이 자기 모습을 감춰버리기 때문이다. 또 달빛이 아주
극적으로 비추는 날에는 꼬리 아흔아홉 개 달린 여우가
아니라, (그 오톨도톨 솟아 있는 돌기들 때문에) 다리가
그만큼 달린 이구아나처럼 숨통을 조였다 느슨하게 하기를
반복하며 창문 앞까지 쑥 들어와버린다.

아빌라와의 첫 만남은 카라카스에 도착한 지 두 달이
되어가던 시점으로 거슬러올라간다. 집을 구하기까지
머물던 임시 숙소는 알타미라에 있었고, 이는 아빌라 밑에
바짝 붙어 앉은 지역이었다. 저 산은 자신을 단단히 안으로
웅크려 그 속내를 알 수 없게 하는구나 싶었다. 산 전체
모습을 본 적이 몇 번 되지 않았다. 비라도 뿌릴라치면
뿌연 안개 옷을 자기 발치까지 내려버렸다. 산 같은 것은
아예 없어져버리는 것이었다. 그럴 때면 마치 토마스 만의
『마의 산』에서 그려진 것 같은 요양소가 저편 계곡에 있고
갖가지 기막힌 사연들을 지닌 사람들이 거기로 모여드는

상상을 해보면서도 나만은 영영 저 성스러운 산에 오르지 못할 것 같은 아쉬움과 두려움에 사로잡히곤 했다. 일상에 깊이 관여하면서도 여전히 풀지 못한 수수께끼로 존재하는 아빌라는 그래서 속俗이면서 성聖이었다.

카라카스 각 가정에서는 거실이나 식당처럼 공동생활의 중심이 되는 곳에 대부분 아빌라를 주제로 한 그림을 건다. 아직 가지지 못한 경우에도 여유가 생긴다면 예외 없이 곧 마련하려 한다. 이발소에 걸릴 법한 극사실주의풍부터 단순한 특징만을 잡아 확실한 색 대비로 입체감이 돋보이게 한 반추상화까지 표현 방식의 스펙트럼도 매우 넓다. 전통적 기법으로 그린 아빌라의 초상 중 최고는 카브레의 그림들이다. 마누엘 카브레는 '아빌라의 화가'라 불릴 정도로 집요하게 아빌라만을 그렸다. 경제적 혹은 정치적 이유로 이민을 감행한 카라케뇨(카라카스 사람)가 국외 망명지에서 자신만의 안정된 공간을 가지게 되면 역시나 가장 먼저 원하는 것은 널찍한 벽에 아빌라 그림을 거는 것이다. 로스앤젤레스나 마이애미, 파나마시티나 보고타 등지로 떠나 그곳에서 새 삶을 꾸리는 중에 도저히 어쩔 수 없는 향수병에 걸리면 즉각적인 처방전이 될 수 있는 것이 아빌라 그림이라는 것이다. 로스앤젤레스 외곽 어느 집 거실에 걸린 아빌라 그림을 기억한다. 배경은 사방으로 뜯어낸 종이인데 그 찢어진 틈으로 울창한 활엽수들에 덮여 꿈틀거리는 몸 큰 짐승 같은 아빌라가 보였다. 카라케뇨라는 직인 아빌라!

실경이 아니라면 그림으로라도 아빌라는 카라카스 사람들에게 생생한 주름의 얼굴로 늘 함께한다.

카라카스의 연교차는 미미해서 의미 없는 수준이고 일교차는 대략 섭씨 16도에서 26도 정도다. 하지만 사계절이 뚜렷한 곳에서 살다 온 나 같은 사람에게나 미미한 연교차이지 이곳 사람들에겐 그렇지도 않은 모양이라 일명 파체코 전설이라는 게 있다는 것이다. 파체코는 아빌라 정상 근처에 있는 마을 갈리판의 식물 채집자인데 매년 12월이면 카라카스 시내의 볼리바르광장으로 꽃을 팔러 온다고 한다. 갈리판 마을은 카라카스의 온화하고 건조한 기후가 카리브해의 습기, 아빌라 정상의 한랭 기후와 만나 일종의 기후 절벽을 이루는 곳으로, 파체코 노인은 서늘하고 축축한 아빌라 너머의 공기를 카라카스로 몰고 내려와 이곳에 겨울

풍경을 펼쳐놓는 셈이다.

성 주간 한가운데 나는 저 산으로 들어가기로 했다. 집 구하기가 수월치 않아 심신이 지친데다 연휴엔 마땅히 할일도 없었으므로. 산 정상을 지나 조금만 내려가면 카라카스 시내 방향과 정반대 방향인 카리브해 쪽으로 난 길에 산중 마을이 있다고 했다. 갈리판이었다.

폭우였다. 차체의 높이보다 더 높은 바퀴를 단 거대한 트랙터 같은 사륜구동의 차가 숙소로 와서 우리 가족을 실어 갔다. 프란체스코 노인이 운전대를 잡았다. 그는 물이 많다는 얘기를 노래처럼 반복했다. 올해는 유독 비가 자주 내린다며 그는 즐거운 표정을 지어보였다. 숙소 창에서 보는 것보다 아빌라는 훨씬 높고 깊었다. 하늘로 가는 사다리가 수직으로 내려져 있었다. 그는 반대쪽에서 산을 타고 내려오는 거의 모든 차량의 운전사들에게 경적을 울리고 라이트를 번쩍거리고 손을 내미는 방식으로 인사를 나누었다. 케이블카 정류장 앞에서 구경이나 하라며 그는 우리를 내려주었으나 비와 안개로 시야가 확보되지 않았으므로 그걸 타고 산등성이를 오르락내리락하는 일에 도무지 흥미가 생기지 않았다. 오르막길이 잠시 주춤하더니 갈리판 마을의 장터라 할 만한 곳에 닿았다. 핫초코를 한 잔 마시고 '아르테사날(Artesanal, 수제)' 표시가 붙은 딸기잼 한 병과 오렌지잼 한 병을 산 후 상인들의 오두막

이곳저곳을 둘러보았지만, 옷이 비에 흠뻑 젖은 탓에
으슬으슬한 기분이 들었고, 그래서 가던 길을 되돌아서려는
무렵 프란체스코 노인의 거대한 네 바퀴가 우리 옆에
섰다. 성 주간에 만난 아시시의 성인이라니. 성인은 우리를
가뿐하게 들어다 포사다(여관)로 데려다놓으며 말했다.
내일은 괜찮아질 거야. 내일은 비도 그칠 것이고 그러면
맑은 하늘 아래로 가벼운 구름 몇 개만이 항해하는
가운데 울창한 수목이며 그 아래 카라카스 시내까지 다
내려다볼 수 있을 테지. 내일은 말이야. 그 내일이라는 말,
'마냐나(내일)'에 얽힌 저주와 꿈을 나는 겨우 이해하기
시작했다. 희망을 품기 어려운 상황에 직면한 인간이 아직
오지 않은 추상의 시간을 저당 잡아 지금을 지키겠다는 것.
마냐나! 포사다의 이름은 아시엔다 비에하였다. 비에하는
오래되었다는 뜻이다. 식당 창은 일종의 전망대 역할을 했다.
산 아래는 카리브해의 물결이 울렁대고 있었는데 안개와
구름으로 물의 끝과 하늘의 시작을 결코 가늠할 수 없었다.
아빌라의 자욱한 안개는 시간의 경계를 허물어버렸는데
더없이 비현실적이어서 금방이라도 와해될 것만 같았다.
제발트가 『현기증. 감정들』에서 묘사한 장례식 풍경이
연상되었다. 짙은 안개와 검은 옷을 입은 주민들과 묘지로
향하는 긴 행렬, 사냥꾼 그라쿠스의 방랑, 사랑의 갈구에
대한 속죄. 저 안개가 거짓말같이 걷히기 전에 나 또한 내
방랑의 속죄 의식을 마쳐야 하리.

시시각각 전혀 다른 얼굴을 보이는 아빌라를 이곳 사람들은 파체코 전설 같은 낭만적인 이야기를 지어 이해했다.

외벽에 분홍색 칠을 한 건물로 여전히 비가 들이치고 다들 떠들썩하게 저녁을 먹으러 간 사이 나는 침대에서 잠시 눈을 붙였다가 어떤 기타 선율에 이끌려 발코니로 나갔다. 아랫마을에 얼핏 올리브나무숲 같은 것(물론 올리브나무는 아닐 것이다)이 보였고 커다란 헛간 같은 장소에서 잔치가 벌어지는 듯했다. 스페인어 노래였으나 스페인에서 흔히 듣던 플라멩코 선율도 아니었고 카라카스 시내에 가득하던 삼바, 살사, 메렝게도 아닌, 그렇다고 탱고도 아닌 리듬에 맞춰 사람들이 환호하고 있었다. 아득히 먼 곳을 떠올리게 하는 단순하고 은은한 소리.

그 옆으로 귀뚜라미인지 무언지 모를 벌레의 울음소리가 들리고 발코니 반대편, 이 포사다의 앞뜰에서 술래잡기 놀이를 하는 아이들의 웃음소리가 희미하게 들려왔다. 나는 빠르게 능선을 달려 내려가는 어둠의 입을 보았다. 곧 헛간의 불빛과 그로부터 멀지 않은 곳의 두세 농가의 불빛만이 서너 개의 점으로 빛날 뿐이었다. 밤의 산중은 검푸른 동굴 같았다. 기타 소리와 굽이굽이 꺾이는 가수의 목소리, 주인을 알 수 없는 세찬 발 구름이 한참 멀리 있는 것이 분명한 이 발코니를 헛간 바로 옆으로 순식간에 끌어당기고 있었다. 나는 제자리에서 점점 빠르게 빙글빙글 돌며 흥이 나기는 했으나 동시에 더없는 고독을 느끼기도 했는데, 이는 완전히 알아들을 수 없는 스페인어 노래 가사일지라도 그것이 이룰 수 없는 사랑 노래인 줄 바로 느낄 수 있었기 때문이다.

저녁식사를 마치고 침대로 들어온 딸아이와 함께 텔레비전의 한 채널을 선택해 〈세비야의 세마나 산타〉라는 프로그램을 보았다. 교회가 보이는 높은 발코니에 선 가수가 마치 숨이 곧 끊어질 듯 애절한 노래를 부른다. 그 노래는 중단될 듯 중단되지 않는다. 금장식의 붉은 상여 탄 그리스도가 행진하고 그 앞뒤로 흰옷에 파란 두건을 두르기도 하고 온통 흰옷과 흰 두건, 혹은 검은 옷과 검은 두건 쓴 무리가 그를 따른다. 유독 북소리가 인상 깊다. 발코니 아래의 기타리스트와 발코니 위의 가수가 내는 소리가 서로 맞물린다.

다음날 나는 평소보다 조금 일찍 일어났고 어제의 그 헛간에서 여전히 노랫소리가 울려퍼지는 것을 알고 깜짝 놀랐다. 성금요일까지 저 노래는 계속되는 것인가 하고. 프란체스코 노인과 약속한 11시가 되어 리셉션 앞으로 가보니 그는 비슷한 연배로 보이는 몇몇 사람들과 둘러앉아 놀이에 한창이었다. 마작이나 장기 같은 종류가 아닐까 하고 그 놀이의 이름을 물었더니 그는 '도미노'라고만 한다. 하나가 쓰러지면 줄줄이 쓰러지게끔 패를 일정 간격으로 늘어놓고 그것이 계획대로 실행되도록 하는 것이 도미노 아닌가. 이것은 그 '마냐나'에 대한 심정적 복수, 통제의 욕망일까. 내일은 날이 좋을 것이고 오늘 못한 것들을 죄다

할 수 있을 것이라더니, 그 내일이 된 오늘은 어제보다 더한 폭우가 쏟아지고 있다. 물론 노인의 도미노는 그런 도미노는 아니었다. 마작에 가까워 보였다.

그래서 별수없이 소음이 가득한 도시의 숙소로 곧장 돌아오고 말았다. 아이들이 피자를 먹고 싶다고 해서 꼭대기 층 바로 올라갔다. 테크노 음악이 밤새 울려퍼지지만 정작 손님 중 춤을 추는 사람은 하나도 없다. 얌전히 앉아서 고개만 까딱거린다. 칵테일 바답지 않게 중앙에 커다란 화덕이 있고 갖가지 재료를 올려 피자를 구워주는데 웬만한 이탈리아 식당보다 낫다. 나는 버섯 피자와 테케뇨(카리브식 치즈스틱)를 포장 주문해놓고는 가장 좋아하는 구석 자리로 가서 존 버거를 읽었다. 내가 이 자리를 좋아하는 것은 푸른 도자기 램프 하나 때문이다. 코발트블루라고 해야 할까, 깊은 색감을 지닌 이 도자기 램프는 사실 이 공간에 썩 어울리는 편은 아니다. 쓸쓸한 방랑자인 나를 위로하는 예정된 장소 같아서 나는 영 적응하기 어려운 테크노 음악을 뚫고라도 잠시 앉아 있기를 자청할 만큼 그곳이 좋아졌다. 거기서 나는 존 버거가 그랬던 것처럼 각자가 꾸는 꿈은 다르지만 서로를 자극하고 위로하는 존재들에 대한 희망과 접촉하기 시작했다. 아직은 또다른 마냐나가 당도하지 않은 시점이었지만 비는 또 부슬부슬 내렸다.

한 남자가 회사에 결근했다. 그가 당일 출근 시간을

아랫마을 사람들과 윗마을 사람들이 어울려 도미노 게임을 벌인다.
이들의 도미노 게임은 시간 감각을 무디게 한다. 마냐나는 이 게임을 통과하여
놀랍게도 그 의미를 무한대로 확장한다.

한참 넘겨 회사에 연락하면서 하는 말은 삼촌 상을 당했다는 것. 옆에 사람들이 말했다. 그 사람 작년이랑 올해 초에도 삼촌 상을 당했다고 했는데. 며칠 뒤 삼촌이 몇 분이냐고 묻자 아홉이라 한다. 이 문제는 쉽지 않다. 그가 다른 사정 때문에 둘러댔을 수도 있다. 그러나 그 남자에겐 정말 일곱 명의 자녀가 있고 생계를 꾸리기가 빠듯하고 챙겨야 할 친척들이 많다. 병든 장인은 항생제가 없어 고생하고 있고, 미국에 취직된 큰딸은 여권이 안 나와서 발을 동동 구르고 있다. 베네수엘라 정부는 물자 부족을 이유로 여권 발급을 지연시키고 있다. 여권을 만드는 데 쓰는 특수한 종이의

수입 경로가 막혔기 때문이다. 출근길에 버스 강도를 만나 지갑을 털린 본인은 신분증과 카드를 새로 만드느라 한 달째 관공서를 들락거리고 있지만, 문제가 언제 해결될지 알 수 없다. 옆집 노인의 죽음이 자기 집 벽을 타고 넘어 들어오고, 바다 건너 있는 식구는 저 하늘을 훨훨 날아 카라카스 집 테라스에 빨간 스카프를 드리운다. 마술적 사실주의란 것의 인상이 유독 남미에선 더욱 생생하다.

지금 사는 오슬로에서 뜻밖의 인연을 만났다. 나는 카라카스를 떠날 때 아빌라 그림 두 점을 사서 뱃짐에 실었는데, 한 점은 전통적인 방식으로 그린 것이었고 다른 한 점은 현대적인 방식으로 풀어낸 여섯 쪽짜리 그림이었다. 좁은 집에 보관이 쉽지 않아서 전통적인 아빌라 그림을 한국의 당근마켓과 비슷한 핀닷노라는 벼룩시장에 산 가격과 비슷한 가격을 제시하며 내놓았다. 장엄한 피오르에 둘러싸여 사는 노르웨이 사람들이 낯선 산 아빌라를 과연 알아볼까 반신반의하면서 주인을 만나지 못하면 그대로 내가 주인인 게지, 생각하기로 하고. 그런데 바로 연락이 왔다. 그녀는 놀랍게도 카라케냐였다. 일자리를 찾아 추운 북유럽으로 온 지 십수 년이라는 그녀가 그림을 가져간 시기는 영하 14도의 겨울이었고, 그 그림은 봄의 아빌라였다.

2. 페타레의 율레이시

존 버거는 『A가 X에게』에서 사람 이름이 지니는 신비를 이야기한다. 다른 단어와 달리 사람 이름은 아주 낯선 언어로 된 생경한 문자의 조합이더라도 소리로서 생성되면, 다시 말해 직접 부르거나 누군가 부르는 것을 듣게 되면 공통의 소리를 갖게 된다는 것이다.

율레이시, 율레이시, 하고 불러보지만 율레이시가 앞에 있어도 율레이시는 만져지지 않는다. 화요일 9시까지는 우리집에 오기로 약속하지만 나는 11시까지 그녀를 기다리다가 포기하고 그 사실을 잊을 만하면 어느새 그다음주 약속 시간이 다가오고 그러면 아무 일도 없다는 듯이 다시 그녀와 나의 일은 파도처럼 이어져간다.

율레이시라는 이름은 스페인 계통의 유럽식 이름도 아니지만 그렇다고 마르가리타나 카나이마 등지의 원주민식 이름도 아니다. 여기저기서 따온 이름이다. 본래 사람 이름자로 쓸 만한 말에서 앞, 중간, 뒤가 각각 잘려나간 다음 두서없이 서로가 붙어버린 이름이다. '율'은 할아버지의 할아버지 이름 서너 가지 중 한 음절일 수 있고, '레이'는 할머니의 할머니 이름 중 역시 한 음절일 수 있고, '시'는 아이가 태어났을 때 그녀의 어머니가 부르기 좋게 붙인 지소형 어미일 수 있다(이 모두가 억측일 수도 있지만 그렇지 않을 수도 있다). 물론 대부분의 남미 사람들처럼 율레이시에게도 다른 이름들이 줄줄이 있다. 에스테르도 그녀의 이름이고 마리로라도 그녀의 이름이다. 그렇지만 율레이시말고 다른 이름으로 그녀를 부르는 사람들은 거의 없다. 결혼식에서조차 그녀를 완전체 이름으로 부르지 않았다. 그 때문에 율레이시라는 이름 속에는 어떤 독특한 분위기가 있다.

푸른빛이 도는 검은 피부, 동그랗고 넓은 얼굴, 회색 눈동자를 꿰차고 깊게 주름진 눈꺼풀의 보호 아래 있는 눈매, 허벅지 중간까지 내려오는 머리카락, 실내화처럼 보이는 하얀 운동화 속에 들어 있는 어린아이 같은 발은 스물예닐곱 된 율레이시의 한결같은 용모다. 학교 다니는 아이가 둘이다. 베네수엘라 서부 도시 마라카이보에는 어머니가 살고 있는데, 어머니가 얼마 전처럼 허리 수술이라도 받는 상황이 생기면 다른 집 일 봐주러 다니는 것도 중단하고 장거리 버스로 내려가 그녀는 2주고 3주고 어머니의 손발이 되어야 한다. 남편이 있지만 실직한 지 오래고 이제는 그 일이 크게 야속하지 않을 만큼 익숙한 듯 보인다. 카라카스 동쪽 산동네 중 하나인 페타레에 사는 그녀는 예정대로 오는지 안 오는지 도무지 알 수가 없는 시내버스를 타고, 역시 케이블 도둑(동, 구리를 탈취해

암시장에서 거래하는 일은 하이퍼인플레이션을 직면한 이들의 고육지책인 셈이다) 때문에 언제 중단될지 모르는 지하철을 타고, 다시 너무 많은 승객 때문에 나중에 탄 사람들은 열린 문에 대롱대롱 매달려 시내를 관통하는 마을버스를 타고 두 시간 반 내지 세 시간쯤 걸려 카라카스 중심부에 도착한다.

옛 도시들이 그렇듯이 카라카스는 협의의 카라카스시와 수도권 몇 개의 주변 위성 도시들로 이루어진 광역시를 포괄하는데, 본 카라카스를 이루는 다섯 개 권역 중 하나인 수크레의 중심지가 바로 페타레다. 1621년 산호세데과나리토라는 이름으로 건설된 유서 깊은 지역이지만 오늘날 유명세를 치르게 된 것은, 이곳이 브라질 리우데자네이루의 호싱야 파벨라와 더불어 세계 최대 빈민가이기 때문이다. 카라카스의 중앙을 기준으로 부富는 동쪽에 편재해 있다. 이 때문에 카라카스 서부에 빈민가도 더 많고 강도, 살인 사건도 더 많은데 정작 세계 최대의 빈민가라는 타이틀은 동부 지역의 산동네에 돌아가게 되었다. 베네수엘라식 산동네는 보통 바리오나 란초로 불린다. 스페인어 '바리오'는 원래 '구'나 '동'처럼 행정구역 단위 중 하나지만 베네수엘라에서는 보통 달동네 무허가촌을 말하기도 한다. '란초'는 목장 또는 (특히 라틴아메리카에서는) 헛간, 짚을 얹은 허름한 집을 가리키는 말이다.

페타레의 중심은 성당이다. 네 곳이나 되는 중심 성당 중 가장 역사적인 성당은 달콤한 이름 예수 교회인데 분홍색 외벽에 초록색 창문 덮개로 단장했다. 그곳을 찾는 이들의 손에 들린 긴 성인 목록은 기적을 바라는 것 말고는 할 수 있는 일이 달리 없는 비천한 삶이 도처에 존재한다는 증거다. 성인 앞에 기원하는 것은 내팽개쳐진 운명을 받아들이는 동시에 그것과 어떻게든 싸워보려는, 굴종과 반항이 서로 한데 얽힌 행위다. 율레이시의 기도는 호세 그레고리오 에르난데스José Gregorio Hernández, 1864~1919를 향한다. 그는 스페인 독감이 창궐했을 때 가난한 사람들을 위한 치료에 헌신해 '빈자의 아버지'로 불리는 트루히요 지방 출신의 의사다. 그를 가톨릭교회 복자의 반열에 올리는 시복식이 지난봄 카라카스에서 열렸다. 이제 성자가 되는 계단에 한걸음 다가갔지만 베네수엘라 사람들에게 받는 사랑과 인기로 친다면 이미 오래전부터 그는 예수 그리스도 다음이다. 율레이시에게도 매일 아침 호세 그레고리오 목각 앞에서 기원할 것이 적지 않다. 당장 초등학생인 딸이 오른팔 골절로 고생하고 있고 수술에 수술을 거듭하고 있는 고향집 엄마 사정은 또 어떠한가 말이다.

율레이시는 평소에는 말수가 별로 없다가도 가족들과 전화 통화라도 할라치면 목청이 높아진다. 하늘이 쩌렁쩌렁

울리는데 대개는 자신의 주장대로 움직이라는, 식구들에
대한 경고, 최후통첩이다. 가끔 무언가를 달라고 요구할 때도
목소리는 우렁차다. 아이들을 위한 물건이 대부분이지만.
정부에서 초저가로 제공하는 쌀이나 파스타 면, 통조림 같은
식재료가 풀릴 때면 물품을 구매할 수 있는 요일이 대개
세둘라(주민번호) 끝자리에 따라 정해지니까 율레이시는
가게에서 줄 서는 일로 특정한 요일마다 약속 시간에 늦고,
그러다보면 어떤 때는 약속 자체를 망각하기도 한다.

줄 서는 데 익숙해지지 않으면 지금의 베네수엘라를 살아낼
수 없다. 체념과 망각은 놀랍게도 소극적 생의 긍정으로
이어지고 이는 일상을 허무에서 일시적으로 건져낸다.
여기 검은 기다림의 줄이 있다. 인도를 따라 구불구불
이어지는 줄. 주로 약국, 화학제품을 파는 생필품 가게,
식료품 가게에 이삼백 미터씩 사람들이 줄을 선다.
기다리고 기다려서 이들은 감기약을 사고 휴지와 기저귀와
샴푸와 치약을 사고 우유와 밀가루를 산다. 그렇다고 여기
시민들의 일상이 모두 무너져내린 것은 아니다. 사람들은
여전히 일터로 나가고 할 수 있는 일을 해나가고 얼마간의
돈을 손에 쥐고 가게로 가 아리나 판(옥수숫가루)과 케소
블랑코(백색 연성 치즈), 플라타노(조리용 바나나)를 사서
가정으로 돌아가 나눠 먹고 쉰다.

　내가 경험한 하염없는 줄 서기의 시작은 소련에서

베네수엘라 어디서나 흔하게 볼 수 있는 바나나나무. 팔팔한 생명력과 천연덕스럽게 태평한 삶의 태도는 이 바나나나무가 드리우는 풍성한 그늘로부터 시작되는지도.

러시아로 변신한 지 오래되지 않은 모스크바에서였다. 악명 높은 오비르(거주 등록 등을 관할하는 관청)에 내야 할 서류는 제법 많았고 다음번 갱신까지 얻을 수 있는 유예기간은 매우 짧아 두꺼운 서류 파일을 들고 차례를 기다리는 인원들로 복도는 늘 만원이었지만 막상 업무를 해결할 수 있는 시간은 기껏해야 일주일에 이틀, 그나마도 오전 또는 오후에 불과했다. 문서를 일일이 손으로 기록하는 업무 처리 방식, 때때로 공지도 없이 바뀌는 관련 법규, 아는 사람 누구나 언제든지 베스 오체레지(열외) 시켜주는 민첩함이 줄 서기 인원의 한숨을 자아내었다. 어두컴컴한

(위) 하염없는 줄 서기의 현장. 여러 목적의 줄이 뒤엉켜 있다. 생필품 공급이 일부 풀려 기저귀나 샴푸, 치약을 사기 위해 줄을 선다. 또 직장별로 식자재를 무상 공급하는 날짜가 되면 옥수숫가루나 설탕, 파스타를 얻기 위해 줄을 선다.
(아래) 버스는 사람들을 매달고 달린다. 사람들은 버스에 매달려 이동한다.

복도에 깔린 중앙아시아산 카펫이 불평을 집어삼키면 그때부터 줄은 몇 개의 점들로 끊어졌다. 삼삼오오 모여 호구조사를 하고 어떤 변칙을 써서 서류를 누가 더 빨리 받았다더라는 무용담이 펼쳐졌다. 그러다 내 차례가 되었을 때 코앞의 육중한 문이 열리며 앙고라 스웨터를 입은 매부리코 여인이 대뜸 말했다. “시챠스 쩨흐니체스키 페레리프(지금부터 기술적 이유로 업무를 중단합니다)!” 그러면 30분이고 한 시간이고 업무가 중단되었다. 그 ‘멈춤’에 어떤 기술적 이유가 있는 것인지 나는 알지 못했다. 누구도 알지 못할 것이었다. 어두운 복도 끝에는 큰 창문이 있고 그 아래에는 화분에 담긴 식물이 많았다. 식물은 하나같이 키가 크고 숱이 풍성했다. 가두어놓은 야생. 나는 체념 비슷한 상태로 복도를 빠져나왔고 그런 일이 반복되면서 진짜로 어느 정도 마음이 편해졌다.

그리스 아테네에서는 주기적으로 주유소 대기 줄이 길었다. 그냥 길었다고 표현하기엔 심심한 것이 몇백 미터 정도가 아니라 몇 킬로미터 정도로 차들이 줄지어 있었다. 경제위기로 파업이 잦아지기 시작하던 때였다. 주유소들이 일제히 영업 중단을 결정한 날, 공지일 하루 전이면 그렇게 주유소 앞에 차들이 몰려들었다. 차례를 기다리는 방식이 화끈했다. 남녀노소를 불문하고 손을 붙들고 춤을 추고 욕인지 노래인지 모를 속사포 랩을 구사하며 떠들어댔다.

베네수엘라로 오는 여정에서 경험한 줄 서기는

미국 공항에서가 최고였다. 케네디공항에서 입국할 때, 뉴어크공항에서 출국할 때 모두 길고 긴 줄에 섰다. 침묵의 줄, 주저하고 동요하는 눈빛이 가득한 줄, 분류되고 감시받는 줄을 통과하자 남미를 향한 문이 열렸다. 후끈한 파나마의 열기와 함께.

베네수엘라에 오기 전, 남미로 올지도 모른다는 것은 짐작조차 하지 못하고 있을 때, 피트니스 클럽에서(그때 나는 운동이라는 것을 해볼 요량으로 생애 최초로 피트니스 클럽에 등록했다) 춤을 배웠다. 단시간에 땀을 몽땅 쏟는 것이, 운동을 결심한 사람들에게 주는 만족감은 대단하다. 그러니 수업은 그런 목적에 맞는 춤으로 이루어져 있었다. 좀더 정확하게 말한다면 체력 단련이 목적이다보니 좀 덜 지루하게 오래 뛰기 위해 라틴댄스의 일부 요소를 적용해 운동했다고 할 수 있다. 룸바니, 메렝게니, 바차타니 하는 용어를 들은 것이 그때였다. 카라카스에서는 택시를 타도 식당에 가도 심지어 집에 가만히 앉아 있어도 메렝게 리듬이 심심찮게 들려온다. 메렝게는 아프리카 원주민들의 춤에 유럽의 커플 춤이 결합해 중남미로 수입된 후, 역시 중남미 원주민들의 타악기 소리에 융화된 독특한 리듬이자 춤의 장르다. 구체적으로는 도미니카공화국이 발생지라고 하고. 오늘도 라디오에서 몇 곡의 메렝게가 이어져 나오더니 곧 삼바로 바뀌었다. 단조로운 멜로디, 가벼운 타악기가 반복적으로 만들어내는 리듬 때문에 심장박동이 그에 맞춰진다. 나는 어릴 때 보았던 신비로운 카니발 이야기가 담긴 영화 〈흑인 오르페〉를 떠올렸다. 기타 소리로 해를 두둥실 떠올린 소년 앞을 왔다갔다하며 삼바 리듬을 타던 소녀의 몸짓이 엔딩 장면의 아름다움으로 기억에 남아 있는. 서로 무관하게 보이는 사건들이 하나의 흐름 속에서 비밀스럽게 교류하는 것이 너무나 생생하게 느껴졌다.

율레이시의 신발은 하얀 운동화다. 밑창에 공기층을 여러 겹 넣어 완충 작용을 하는 쿠션 따위는 없는, 납작한 바닥의 운동화다. 이 운동화는 늘 매우 하얗다. 걷고 기다리고 짓눌리는 일에 이력이 난 운동화라고는 믿기지 않는다. 하얀 운동화는 여기저기 구멍나고 미처 제대로 처리되지 못한 하수가 새어 나오는 길거리보다는 동그란 그의 손에 들리는 편이 더욱 어울린다. 하얀 운동화가 손에 들리면 율레이시는 맨발이 된다. 맨발의 율레이시는 아무것도 가지지 않은 자들의 거침없는 태평함을 지녔다. 율레이시는 즉흥적이고 경솔하지만 싱그럽고 지치지 않는다. 그녀는 이미 모든 것을 알고 있다는 듯 언제나 천연덕스럽다. 사람은 누구나 하지 않았으면 좋았을 일을 저지르게 되어 있지만, 그녀는 잘못했다거나 미안하다는 말을 결코 입 밖으로 꺼내지 않는다. 그런 유의 고백은 스스로에게 내리는 사형선고 같은 것일까 문득 생각해본다.

세뇨라, 맨홀 뚜껑이 바예아리바 꼭대기부터 저 아래쪽까지 굴러가는 것 봤어요? 바예아리바 대로에 뚜껑 열린 맨홀이 몇 개나 되게요? 그 맨홀 하나에 누군가 커다란 나뭇가지를 꽂아놓지 않았겠어요? 그냥 보통 팔뚝만한 나뭇가지가 아니라 가로수를 통째로 뽑아다 꽂아놓은 것 같다니까요. 맨홀 뚜껑 가져다 팔면 돈을 좀 받나봐요. 지나던 차가 큰 구멍을 미처 못 보고 그 위로 지나가거나 하면, 하필 차 바퀴가 좀 작은 편이거나 바람이 시원찮게 들어 있거나 하면 정말 큰일나지 않겠어요? 밤에는 특히 더 그렇고요. 그래서 나무를 뽑아다 그냥 맨홀에 심어버리는 거예요. 알아보고 피하라고요.

그 구멍 안에는 온갖 오물이 모이기에 나무는 자랄 수 없겠지만 어쩐지 그 나무는 자라는 것도 같다. 노란 가슴에 파란 머리를 한 새들도 깃들고 파란 하늘빛에 반들반들한 잎사귀가 반짝거리기도 하고. 그것은 마치 보르헤스가 몰두한, 끝나지 않는 아르헨티나 환상곡에 나오는 마누엘 페이로우의 이야기 같다. 그는 어떤 사건이 시간을 기존 방식과 전혀 다르게 지각하도록 만든다고, 그 사건이라는 유리창에 부딪히면 우리는 그 유리창을 사이에 둔 두 세계의 인식 차로 현기증을 겪게 된다고 말한다. 가로수로 서 있던 식물이 위험을 경고하기 위해 뿌리뽑혔다는 슬픔이 한편에, 뿌리뽑힌 식물이 맨홀 시궁창에서도 여전히 호흡하며

초기엔 어쩌다가 목격하게 되는 광경이었다. 그러다 나중엔 길을 나서면 하루에 한두 번은 꼭 마주하게 되었다. 맨홀에 심긴 나무는 매우 현실적인 이유에서 탄생한 다분히 비현실적인 광경이었다.

생존한다는 안도가(혹은 그렇기를 바라는 마음에서 일어나는 착시가) 다른 한편에 존재하는 것. 어느새 암막 같은 구름이 내려와 가까운 봉우리를 덮어버렸고 그뒤로 몇 개의 봉우리를 더 넘어야 있을 율레이시네 산동네는 흔적도 없이 내 시야에서 사라졌다. 오늘은 토요일이고, 율레이시는 버스도 타지 않고 지하철도 타지 않고 유리창 없는 집에서 옥수숫가루로 아레파나 카차파를 만들어 먹고는 바닥에 누워 잠들어버렸을지도.

3. 이주와 정주의 순간들

'들여다보는 것이 정당한가' 하는 문제 때문에 망설이는 순간들이 있다. 그곳에 내 존재를 노출하는 것이 '얼마나 위험한가' 하는 문제는 나중 문제가 된다. 대부분의 살인사건이 빈민가에서 벌어진다 해도! (카라카스 거주 기간이 늘어나면서 나는 결국 바리오를 방문할 일이 생겼다. 전시회에서 알게 된 화가를 찾아가게 된 것이다.) 이를테면 토레 다비드 안을 들여다봐야겠다는 생각이 든다든가, 바리오 투어 같은 게 있다는 얘기를 들을 때면 머리가 복잡해지는 것이다. 토레 다비드는 글자 그대로 다비드라는 이름의 탑, 높다란 건물이다. 세계 최고 높이의 '수직형 빈민가'로 알려진 토레 다비드는 자금난으로 공사가 중단된 초고층 건물에 일자리를 찾아 수도 카라카스로 흘러든 지방 출신의 무주택자들이 속속 모여들어 무단 점거한 후, 살림을 꾸리고 일종의 자치 공동체인 코뮨을 이루어 화제가 되었다. 처음엔 당연히 엘리베이터도 전기도 수도도 없었지만 독특한 내부 살림을 꾸리고 효율적인 자치 조직을 운영하는 등 필요한 인프라를 자체적으로 차차 갖추면서 나름의 질서를 보여주었다. 그러나 지금은 정부의 소거 명령으로 뿔뿔이 흩어져 모두 과거사가 되었다. 많은 남미 국가의 고지대 대도시에 존재하는 무허가 주택 밀집 지역에서는 등고선이 그리는 면적이 좁아질수록 살림은 고단해진다. 그러나 도심에 어둠이 내린 후 이 바리오들은 완전히 달라진다. 내부 손질도 미처 끝내지 못해 노란 전구 불빛들이 거뭇한 벽을 비출 뿐이지만 밖에서 바라보는 언덕은 찬연히 빛난다. 이 반딧불 부대는 계단식 지형과 한 몸이 되어 굴곡이 많은 카라카스의 흙 파도 위를 유령처럼 떠도는데, 특히 밤공기 속에 이들은 부유층 주택가나 중산층 거주 단지에는 없는 독특한 무늬를 새긴다.

며칠째 SNS를 통해 중고 가구 구입처를 알아보고 가구 수리 기술자를 물색하던 참이었다. 기존에 가지고 있던 책꽂이 선반은 책 무게를 이기지 못하고 휘어졌고, 늘어나는 책 때문에 책꽂이가 더 필요하기도 했다. 베네수엘라인들의 이민 러시가 본격적으로 시작된 것은 차베스 서거 이후 대규모 시위로 무시할 수 없는 숫자의 인명피해가 발생한 2014년부터인데, 초유의 하이퍼인플레이션이 시작된 2017년부터는 인구 유출 규모가 급격히 증가했다. 2019년 공식 집계로 인구의 10% 이상이 국경을 빠져나갔다고 하니 실제로는 최소한 그 두세 배의 인구가 국경 밖에서 나그네의 삶을 살고 있다 보아야 할 것이다(코로나로 상황이 더욱 악화된 2021년에는 20% 이상이라고 통계자료는 말한다). 사정이 이렇다보니 인터넷 거래 사이트에는 이민을 결심한 사람들이 급하게 처분하는 물건들이 쏟아져나온다. 전쟁 통에도 자본주의 시계는 멈추지 않고 돌아간다. 어쩌면 더 빠르게 돌아가는지도 모른다. 쓸 만한 물건들을 헐값에

사들여 그럴듯하게 손본 다음 제값에 파는 업자들이
넘쳐난다. 물론 이 난리통에도 그것들을 사들일 수 있는
사람들 또한 늘 있다.

그렇게 계정을 타고 넘어 여러 개인 상점들과 서비스
제공자들을 만나던 어느 날, 낯선 사진들을 발견했다.
어느 경로로 그 화면에 들어가게 된 것인지는 전혀 기억에
없다. 주로 무질서하게 꽉 차 있거나 정반대로 텅 비어 있는
공간들이 포착되었다. 그릇장 앞 빅토리아풍 테이블 위로
줄지어 선 크리스탈 잔과 은식기, 벽에 삐뚤게 걸려 있거나
바닥에 툭 떨어져 있는 빛바랜 그림을 테 두르는 예사롭지
않은 목재 액자, 그 액자들에 단지 10불, 20불
그렇게 붙어 있는 가격표들, 부엌 개수대 위에 역시나
차곡차곡 포개져 있는 그릇들과 그 위로 넓게 난 창에
드리워진 미색 레이스 커튼, 책이 가득한 서가 사이로
귀여운 소년의 흑백사진이 걸려 있고, 천이 약간 찢겨나간
팔걸이의자 하나가 좀 어색한 위치에 놓인 서재,
안달루시아식 푸른색 타일이 촘촘하게 붙어 있어 일견
동화적 분위기를 풍기지만 가까이서 보면 녹물이 들러붙은
지 오래인 세면대가 딸린 욕실, 노란 유리창을 통해 희미한
빛—비가 내리다 말다 변덕스러운 토요일 오후 같은—
이 흘러드는 대리석 바닥, 햇빛에 그을려 허물 벗은
살갗처럼 페인트가 겹겹이 떨어져나간 벽이 클로즈업된
창고, 프레임에 반쯤 걸린 침대 헤드와 역시 또 반쯤 걸린

사이드 테이블과 그 위로 테이핑이 벗겨져나간 전등갓, 큰 남미 지도 위로 박힌 못에 매달린 붉은 반짝이 장식의 야회복 등등의 이미지가 줄줄이 이어졌다. 그리고 각각의 사진에는 그 사진을 찍은 카라카스의 각 동네 이름이 해시태그로 붙었다. 산타로사데리마, 베요몬테, 엘아티요 하는 식으로. 한 달 반가량 나는 매일 살금살금 그 빈집들을 들고 났다.

이 사진들을 찍은 작가 마릴리 콜Marylee Coll이 메르세데스의 베아트리스 길 갤러리에서 전시회를 열었다. 이 갤러리는 카라카스에 네 개 지점을 운영하고 있는 인문 서점 루가르 코문의 메르세데스점과 아담한 뜰을 공유하는데, 이 뜰에는 하늘을 뚫고 올라가는 어마어마한 높이의 열대식물들이 작은 숲을 이루고 있어 공간을 웅장하게 만든다. 나는 잘 아는 사람처럼 그녀를 찾아갔다. 대면한 적이 없으니 모르는 사람이었지만, 그의 사진들을 수천 장 보고 또 보았으니 아는 사람이었다. 나는 몇몇 질문들을 던졌고 그녀는 답했다. 할머니의 이삿짐을 보며 물건에 담긴 시간을 살핀 경험이 있는 콜은 카라카스를 떠나는 사람들의 살림을 살뜰히 챙겨 화면에 담고 있었다. 내 눈에 익은 공간도 있었다. 카라카스에 처음 도착해 몇 년 세 들어 살 집을 구하려 부동산 중개업자를 따라 돌아다니다가 만난, 유난히 1960년대 가구와 키네틱아트 작품이 많았던 곳, 주방 가구가 레몬빛이던 곳, 그 집도

마릴리 콜의 전시회 풍경.

사진 속에 담겼다. 집을 외국인에게 세놓고 세간살이는 모두 팔아 처분한 뒤 집주인은 외국에서 자리를 잡을 생각이었을까. 세입자를 들이는 데 집주인이 실패했을지도 모를 일이다. 카라카스의 많은 주택과 아파트들이 실제로 몇 년째 방치되어 흉물로 전락한다. 콜의 해시태그는 그곳이 콜리나데베요몬테라고 말하고 있었고 그것으로 나는 격동의 카라카스를 살아가는 주민으로 인증된 기분이 들었다. '뿌리뽑힘의 증인'이라는 전시회 제목에 제법 어울리는 모습으로.

> 당신의 사진 속 텅 비어 있는 공간들에는 어둠과 빛이 공존합니다. 먼지 속에 반짝이는 것들이 보입니다. 가슴이 내려앉는 이유는 거기에 달아놓은 5불, 10불짜리 가격표를 당신이 똑바로 바라보고 있기 때문입니다. 포악한 상인들이 득실거리는 가차없는 시장에 삶이 통째로 팔려 나온 우리의 처지를 그대로 드러내기 때문입니다. 그런데 나는 당신의 사진으로 비로소 알았어요. 내 물건, 내 공간에 깃든 '별것'인 시간의 가치를요. 아름다운 타일과 창밖 풍경, 누군가 고심해 골라 건 오래된 액자 속 그림, 즉 취향, 그리고 물려받고 흘러가는 이야기, 곧 역사, 이 모두가 생명이 죽은 듯 멈춘 물건들 속에 유유히 흐르고 있었습니다.

어떤 정지 화면이 있다. 생명체는 없다. 일종의 정물화다.

물건을 늘어놓은 이는 각각의 동네에 대를 이어 살다가 이제 떠나는 이들이다. 화면을 붙잡은 이의 의도 따위는 없다. 아니 의도 없는 시각이라는 것은 없겠지. 그에게 의도가 있다면 이것들을 프레임 안으로 끌어들였다는 것, 그럼으로써 프레임 안과 밖이 생겼다는 것, 프레임 안을 들여다봄으로써 프레임 밖을 고민하게 되었다는 것, 프레임 안의 고요가 프레임 밖의 곡소리를 심화한다는 것이다.

안토니오 타부키의 『인도 야상곡』에서 화자인 호스는 사비에르라는 미지의 인물을 찾아다니던 중 크리스틴이라는 한 여인을 만난다. 크리스틴은 호스에게 자신의 사진집을 보여주며 첫 페이지에 실린 확대 사진을 가장 좋아한다고 말한다. 확대된 사진 속에서 한 흑인은 달리면서 두 손을 번쩍 들어올리고 있는데 그 표정은 고통과 환희가 뒤섞인 모양새다. 줌인된 사진 속에서 그 흑인은 결승선을 통과한 경주자의 모습이지만, 잘려져나간 큰 그림에서 사실은 경찰이 쏜 총에 맞아 쓰러지기 직전의 인간이다.

낡은 물건들과 비어 있는 공간들이 삶의 위엄을 선언한다. 엄존. 다른 시간, 다른 공간에서 왔지만 지금은 카라카스라는 공간에 남겨진 물건들이 세심하고 꼼꼼하게 화면에 새겨졌다. 그것들이 버려지는 이 상황을 바라본다. 칠이 벗겨지는 벽, 내려진 그림과 사진, 구겨지고 찢겨서 바닥을 뒹구는 박스와 종이. 여러 겹의 삶이 겹친다. 충돌과 혼란이

가브리엘 멘데스의 전시회 풍경.

있는 곳에는 버림(또는 빼앗김)과 떠남(결국 내몰림)이 있다. 그런 일이 만들어내는 결과에 대한 메타포. 나는 카라카스 토박이 친구들에게 마릴리 콜의 사진을 소개했다. 그들은 실컷 울고 나면 그때는 어느 정도 자신을 추스르고 떠날 수 있을지도 모르겠다고 했다. 물건과 공간의 초상화가 아름다워서 다행이라고도 했다.

뿌리가 뽑혔으니 이제는 이식의 수순을 밟는다. 아시엔다 트리니다드의 갤러리에서 열린 다큐멘터리 사진작가 가브리엘 멘데스Gabriel Mendez의 전시회. 베네수엘라 디아스포라를 집중 조명하고 있는 국제적 언론매체 프로다빈치와 멘데스가 사진을 공부한 로베르토 마타 사진 작업실의 주최로 이루어진 전시다.

한 커플이 있다. 알렉스와 니아. 이들은 카라카스를 떠나 네 나라를 거쳐 4,452킬로미터를 버스로 달리고서 엿새 만에 새로운 정착지로 삼은 페루 리마에 닿았다. 이들의 여정에 함께한 가브리엘 멘데스가 최종적으로 남긴 사진은 쉰넉 점. 시리아 난민들이 남부 유럽을 통해 탈출을 시도하다 점점 통로가 차단되었던 것처럼, 베네수엘라인들도 필사적으로 걸어서 넘어갔던 콜롬비아나 에콰도르, 브라질로부터 이제는 노골적으로 거부당하고 있다. 그나마 여전히 이들을 받아들이고 있는 나라가 페루다(그러나 지금은 다시 닫혔다, 공식적으로는).

니아는 조현병을 앓고 있는 어머니를, 알렉스는 뇌혈관

질환자인 84세의 조부를 뒤로하고 짐을 싼다. 이들은 4일간 씻지 못하고 비닐봉지 하나에 든 마른 음식으로 연명한다. 알렉스는 버스가 에콰도르 땅에 들어서고 나서야 미화 2달러를 주고 집 떠난 후 처음 따뜻한 음식으로 식사를 하고 얼굴에 미소를 지어보인다. 니아는 리마에 도착한 지 이틀이 지나 일자리를 얻고 가게에 가서 작업 신발을 구입한다.

가브리엘 멘데스는 2003년부터 2013년까지 10년간 변호사로 일하다가 사진작가로 전업했다. 인권 옹호를 외치는 데 자신이 할 수 있는 보다 효과적인 일이 보도 사진 작업이라는 생각이 들었다 하니 인권 변호사로 카라카스에서 활동한다는 것의 괴로움을 짐작할 수 있다. 이들의 떠남은 〈우리들의 이타카〉로 표현되고 있었다. 오디세우스의 귀환, 반드시 돌아오겠다는 다짐, 예견된 고난, 오해와 대결과 망각과 심판이 있는.

이제 낯선 세상에 던져진 알렉스와 니아는 일과를 끝내고 지친 몸을 뉠 쪽방에서 단 한 줄이라도 적을 수 있기를 소원한다. 찾아지지 않던 단어가 혀끝에서 맴돌기를 그치고 입 밖으로 터져나오는 순간을 기대한다. 그들의 절망은 같은 스페인어를 쓰는 국가들로의 이동이 옆 동네 구경 같으리라 여겼던 나의 경솔함을 즉시 거두게 한다. 북부와 중부, 남부 남아메리카의 스페인어는 어휘부터 어법까지 지나칠 정도로 다양한 스펙트럼으로 분사된다. 그들이 베네수엘라식 스페인어를 입 밖에 내는 순간 그들의 사회적 지위, 즉 그들이 처한 존재적 위기감이 주변으로 빠르게 확산될 것이다.

스위스에 거주하면서 프랑스어로 글을 썼던 헝가리 출신의 작가 아고타 크리스토프의 서늘하고 담담한 이야기 『문맹』에는 이식된 곳에서 입을 떼기 시작하는 어른아이의 고통이 담겨 있다. '질병과도 같이' 닥치는 대로 읽고 쓰던 자가 하루아침에 문맹이 되는 고통이다. 그녀가 모국어를 잃는 시점은 두 번인데, 소련이 헝가리를 점령했을 때, 그리고 프랑스어권 스위스에 정착했을 때이다. 나는 그녀가 '월경 안내인'을 따라 헝가리와 오스트리아 사이의 국경을 넘는 시점에 주목한다.

그녀는 어린 딸, 아이 아빠와 함께 가방을 들고 있다. 미숙한 생명체인 아이의 생명줄에 관계된 물건들, 그리고 다른 언어로 통하는 전류 역할을 할 소통의 생명줄인 사전들이 그녀의 가방 안에 있다. 여행 가방의 메타포는 강력하다. 내가 소유한 것이 나를 말해준다는 말은 진실이다. 그러니까 떠나는 자가 처분하는 물건, 떠나는 자가 몸에 지니는 물건, 떠나는 자가 또다른 정착지에서 하나둘 모으기 시작하는 물건은 온통 그 자신이다.

콜과 멘데스의 이미지들에는 빼앗긴 언어가 있고 성긴 공간에 웅얼거리는 기억의 공명이 있고 숨결로 쉬이 사라져버릴 듯 위태로운 현재의 순간이 있다.

4. 아시엔다 산타 테레사

라틴아메리카는 광대한 대륙의 크기만큼이나 즐기는 음료 또한 다채롭다. 멕시코라면 테킬라, 페루라면 피스코, 아르헨티나라면 말벡 와인이나 킬메스, 파타고니아 같은 청량감 도는 맥주, 브라질이라면 카샤사 같은 증류주가 바로 떠오른다. 그렇다면 베네수엘라의 술은 단연 럼이다. 사탕수수즙을 발효시켜 증류한 술로 예로부터 선원들이 주로 즐겼다. 카리브해의 섬나라들이 원산지이기 때문이다.

상표에 얽힌 흥미로운 이야기들이 있다. 가령, 차 브랜드 쿠스미는 본래 로마노프 왕가에 홍차를 납품하던 러시아 상인 성姓의 일부다. 기록은 이 사업의 시작이 1867년부터라고 말하고 있다. 나라 밖 프랑스 파리에 점포를 내고 사업 확장을 꾀하던 일가는 러시아에 혁명의 기운이 감돌다 기어이 황실이 혁명 정부의 손아귀에 들어가자 아예 파리로 이주했다. 무엇에도 절박할 것 없는 다음 세대로 경영 주체가 옮겨진 후 사업은 형편없이 주저앉았고 쿠스미라는 이름은 점차 세상에서 자취를 감췄다. 그렇게 수십 년을 먼지 구덩이 속에 뒹굴던 상표를 되살려낸 이는 쿠스미 가문과 아무 상관도 없는 프랑스 사업가였다. 쿠스미 티는 여전히 러시아 황실에 대한 향수를 간직한 이름의 제품들(세인트 피터스버그 티, 아나스타샤 티, 프린스 블라디미르 티 등등)로 차별화된 마케팅을 선보이고 있으며,

소비자는 화려한 러시아 황실의 이미지와 세련된 프랑스 살롱 문화를 결합한 그 무엇으로서 쿠스미 티를 소비한다.

이곳 베네수엘라에도 역사적 전환기에 확실한 이미지를 획득한 상표가 있다. 론 산타 테레사Ron Santa Teresa다.

카라카스에서 서쪽으로 한 시간 반 정도를 달리면 아라구아주 라빅토리아시에 닿는데, 그 도심 끝자락에 아시엔다 산타 테레사라는 아담한 명패를 단 게이트가 보인다. 아시엔다란 스페인어에서 일반적으로 대토지 소유자의 농장이나 목장을 말하지만, 라틴아메리카에서는 거기에 역사의 무게가 한층 더해진 이름이다. 대항해시대 스페인의 정복자들이 수탈한 원주민의 토지나 미개척지를 소수에게 나누어주며 생긴 식민시대의 유산이기 때문이다. 아르헨티나, 우루과이 등지의 대평원인 팜파스 지역의 농장 에스탄시아나 브라질의 커피 농장 파젠다 등도 대동소이한 개념이다. 베네수엘라 아시엔다에서 노예제도에 의지해 주로 재배한 작물은 사탕수수나 커피였고 이는 구대륙으로 팔려나갔다. 아시엔다 산타 테레사는 중남미 최대의 증류 시설을 갖춘 산타 테레사 럼주가 생산되는 곳으로 볼메르Vollmer 가문 소유의 사유지다. 산타 테레사 럼이라는 상표가 등록되고 지금처럼 대량 생산되기 시작한 것은 1909년의 일임에도, 산타 테레사 럼의 포장 라벨에는 설립연도가 1796년으로 표기되어 있다. 이는 그들이 중요하게 여기는 역사적 사건에 기인한다.

1796년 농장이 문을 열었을 때 이들은 중남미 지역에서 비교적 경작하기 수월한 사탕수수를 다뤘고 수확량이 상당하니 그 사탕수수를 원료로 하는 증류주인 럼주를 생산해 친지들과 나누어 마셨다. 독립전쟁이 한창이던 1814년 공화주의자와 제국주의자 간에 치열한 싸움이 계속되어 전세가 엎치락뒤치락하던 때, 해방자 시몬 볼리바르(그를 해방의 영웅으로 여긴다는 점에서 베네수엘라, 콜럼비아, 에콰도르, 페루, 볼리비아는 서로 형제국이다)로 대표되는 독립파에 반대하는 호세 토마스 보네스 장군이 카라카스로 군대를 이끌고 가다 이 지역을 지나면서 잔인한 약탈을 자행했다. 노획 목록 중에는 8세 여자아이도 한 명 있었는데 『톰 아저씨의 오두막』에 나올 법한 아프리카 출신 흑인 노예 여인이 보네스의 군사에게 거래를 제안했다. 조건은 7페소에 소녀를 넘겨받는 것. 별 특별한 것도 없어 보이는 아이를 넘겨주고 대가를 챙긴 군대는 마을을 빠져나갔다. 초토화된 마을에서 아이를 구출한 흑인 노예는(그는 곧 자유인이 되었다) 1821년까지 인근의 안전한 아시엔다 사바나 라르가에 아이를 숨겨 키웠다. 이 아이는 판치타 리바스로 독립군 사령관 호세 펠릭스 리바스의 조카이자 해방자 시몬 볼리바르의 사촌이다. 보네스 장군의 군대는 자신들이 추적하던 적군의 주요 인물을 스스로 풀어준 셈이 되었다. 전쟁이 끝나고 자신이 살던 마을로 돌아온 판치타는 가족 중 자신이 유일한 생존자라는 것과 남겨진 재산이 전혀 없다는 것을 깨닫는다. 1830년 그녀는 구스타프 볼메르와 결혼했는데 그는 새로운 사업 가능성을 보고 1826년 대서양을 건너온 독일 함부르크 출신의 사업가였다. 볼메르는 사업에 성공해 큰돈을 벌자 아내에게 리바스 가문의 땅을 되찾아주었고 1885년 그 아들인 구스타보(아버지의 독일식 이름 구스타프는 아들에 이르러 현지식 이름 구스타보가 되었다) 볼메르 때에 이르러서는 드디어 산타 테레사 농장을 사들인다. 독일에서 현대식 증류 설비를 들여왔고, '론 산타 테레사'는 1909년 베네수엘라 최초의 럼주 상표로 등록되었다. 지금은 5대손이 회사를 경영중이다.

독일 출신 사업가의 후손이지만 볼메르 가문이 베네수엘라인들에게 존경받는 가문이 된 것은 이들이 독립운동에 기여했을 뿐만 아니라 다양한 사회사업에 실제적이고 꾸준한 노력을 기울였기 때문이다. 산타 테레사 재단은 라빅토리아시 호세라파엘레벵가구 주민들의 무너진 삶을 재생하는 것을 목표로 삼고 있다. 절도, 살인, 마약중독 등으로 일상에서 배제되어 사회생활이 불가능한 이들을 불러들여 단체 운동(럭비)에 참여하게 하고, 직업 교육을 시켜 산타 테레사 농장에서 주도하는 다양한 사업에 투입하고(알카트라스 프로젝트), 농장 뒤 산비탈에 형성된 빈민가 후안모레노 마을 주민들의 주거 환경 개선을 위해

산타 테레사 농장의 럼.
발효, 증류 정도에 따라 화이트 럼에서 골드 럼을 거쳐 다크 럼으로 범주를 넓혀간다.

후안모레노 마을.

꾸준히 노력하고(하얀 집 프로젝트) 있다. 럭비를 통한 재활 훈련은 정부 기관에서도 활용되어 현재 베네수엘라 다섯 개 교도 기관에서 재소자들에게 실행되고 있다. 산타 테레사는 최근 들어 커피나무를 재배하고 원두를 볶아 커피 사업에도 뛰어들었는데 커피 이름도 '알카트라스'다. 수익금은 전액 알카트라스 프로젝트에 사용된다.

창고에 들어서자 술 익는 냄새가 진동했다. 천장까지 쌓여 있던 수백 개의 오크통 속에서 럼주가 발효되고 있었다. 인류가 존재하는 한 쉬이 사라지지 않을 것 중의 하나가 술이 아닐까. 볼메르 가문이 땅으로 얻은 부와 명성, 존경은 베네수엘라 상류층 가운데서도 최고 수준으로 거의 귀족의 위치에 있는 것 같다. 이들에게는 존엄에 대한 확고한 의지가 있다고도 할 수 있겠는데, 이는 식민지를 개척하고 원주민을 착취하여 쌓은 부에 기반한 유럽 출신 이민자들의 '남미 귀족'으로서 허위의식일 수 있지만, 세기에 걸쳐 그들의 사회적 기여가 계속되고 있는 것도 사실이다. 그 농장의 주인을 대하고 나면 정권에 붙어 가문을 보존하려는 인간이라는 선입견에서 벗어나게 된다고 사람들은 말한다. 그것 또한 고도의 위장술일 수 있고, 결국 술장사에 지나지 않는다고 할 수도 있겠지만.

19세기 러시아 작가 곤차로프의 『오블로모프』를 떠올려본다. 주인공 오블로모프는 어느 정도 규모의 영지를 가지고 있는 지주 귀족이고, 하루중 많은 시간을 침대에 누워 자거나 빈둥대는 데 보내는 인물이다. 이 인물형은 소련 문학에서 당연히 비판받았고(지주라는 것만으로도 타도 대상인데, 게으름뱅이라니), 아마도 오늘날 시민사회에서도 하찮게 취급될 인간형일 것이다. 그런데 빈둥대는 것처럼 보이는 그의 일상은 '게으름'으로만은 정의할 수 없는 다양한 성격을 지니고 있다. 그중 하나가 너그러움인데, 그는 자신의 인간적 품성과 평안을 보존하면서 침대에서 돌아눕곤 하는 것이다. 이는 일에서 벗어나 놀 때 비로소 한 인간으로 회복된다고 말하는 김훈의 고백과 통하는 면이 있다. 물론, 오블로모프가 편히 누워 있을 수 있기 위해, 그의 너그러움을 뒷받침하기 위해 땀흘려야 하는 농노들이 있다. 그러나 너그러움이나 태평함은 오블로모프보다 훨씬 더 많은 것을 가진 자본가들에게서도 쉽게 발견할 수 없는 특성인 것 또한 사실이다.

이 농장주의 전통이나 오블로모프의 품성은 땅을 기반으로 해서 자라난 것인데, 이때 땅은 인간이 고귀할 수 있는 어떤 기반이 되고, 이는 인간의 땅에 대한 집착을 이해하는 방식 중 하나가 될 수 있다. 베네수엘라에서 토지 소유의 형식은 정권에 따라 부침이 심했다. 식민지 시대 이후 이처럼 대규모 영지의 형태로 존재하던 토지들이 분할 후 외국 자본에 팔려나가는가 하면 정부에서 몰수해 국고로 반환시킨 후 집단농장에 운영을 맡기기도 하고, 다시 농장을 잘게 쪼개 시장에 던져놓기도 했다. 그 모든 과정에 관료들의 부정부패가 개입되지 않은 적이 없었는데, 투명성이 전혀 확보되지 못하는 것은 베네수엘라뿐 아니라 오래도록 대부분의 남미 국가에서 고질적인 문제였다. 카라카스 남부 외곽의 아시엔다라트리니다드는 베네수엘라 독립 직후 그 북쪽 경계가 지금의 메르세데스 지구 근방에 이를 정도로 광활한 땅이었다 하는데, 지금은 예전에 사탕수수와 카카오 수확물 창고로 쓰던 건물 서너 채가 공공 문화재로서 문화사업으로 활용되고, 옛 가문의 저택 두어 채만이 여전히 가문 소유의 것으로 되어 있을 뿐 대농장의 형태를 찾아보기 어렵게 되었다.

오크통과 럭비.

소유주 가문의 유별난 럭비 사랑 덕분에 재활의 도구로 럭비가 적극적으로 활용된다는 점, 마을의 옛 이름 '엘콘세호'를 그대로 간직한 기차역이 보존되어 있다는 점(사탕수수 재배가 시작된 그때부터 거둬들인 사탕수수가 이 기차역을 통해 타지로 운반되었다), 2백 년 전부터 전해 내려오는 전통 방식을 그대로 따르며 증류 과정을 거친다는 점 등이 농장을 둘러보는 재미를 더하는 관람 포인트다. 마침 방문한 날은 엘콘세호역 바깥쪽 초지에서 결혼식이 열리고 있었다. 농장을 한 바퀴 돌아보고 오니 피로연이 시작되었는데 널찍한 치즈 테이블과 초콜릿 테이블이 다른 잔치 음식과 별개로 마련된 것이 인상적이었다.

초기 양조실의 모습을 보존해놓았다.

럼은 사탕수수에서 설탕을 분리한 뒤 부산물인 당밀을 가지고 여러 단계의 증류 과정을 거쳐 오크통에서 2년 이상(도미니카나 파나마, 코스타리카 같은 다른 카리브해 국가들의 경우 1년만 지나면 상품화할 수 있다고 한다) 숙성된 후라야 마실 수 있는 술이다. 알코올 도수는 40~50도를 유지하는데, 숙성 기간이 길면 길수록 고급 럼이 된다. 클라로에서 아네호, 셀렉토, 안티구오 데 솔레라로 갈수록 빛깔도 점점 진해지고 깊어진다. 산타 테레사에는 태양의 빛깔을 간직한 골드 럼과 다크 럼이 주종을 이룬다. 그러니 블루하와이 같은 희고 투명한 청량감의 칵테일은 이곳의 것이 아니다. 이 태양빛 액체는 오렌지, 파인애플, 코코넛, 카카오 같은 열대작물과 어우러져 카리브해 인근

주민들의 피를 들끓게 한다.

피로연장이 훤히 보이는 반대편 정원에 마련된 식당에 자리잡고 앉았다. 각종 뿌리채소와 옥수수를 곁들여 푹 끓이는 닭고기 수프 에르비도 데 가이나, 장시간 조리해 부드럽게 먹는 소고기 사태 요리 아사도 크리오요, 사탕수수로 만든 음료 파펠론, 일종의 시나몬 롤이지만 시럽에 럼을 섞고 다진 연성 치즈를 듬뿍 올려 독특한 풍미가 느껴지는 골페아도를 차례대로 느리게 먹었다. 이후에는 모두 메렝게 리듬에 맞춰 춤을 추었다. 날이 어둑해질수록 이번 메렝게와 다음번 메렝게 리듬 사이에 '잠깐 멈춤'은 사라져갔다. "헤이, 보라쵸, 주정뱅이." 주정뱅이들은 쉬지도 않고 춤을 추었다. 제한 급수로 속시원히 몸을 씻어본 지가 언제인지 까마득한, 생활고 때문에 공공재산인 구리 케이블(전깃줄, 인터넷 선 등등)을 몰래 끊어다가 파는, 항생제를 구하러 열흘째 시내의 약국이란 약국은 다 뒤지고 있는, 또 현금 인출을 위해 이른 아침부터 서너 시간씩 줄을 서는 그런 일상을 보내고 있는 모두가 이 시간만큼은 오로지 럼과 메렝게에 의지한다. 버티고 견디는 고단한 삶이 곳곳에 있다. 다른 방도가 없는 일을 마주했을 때 사태를 낙관하여 불안을 잠재우는 데에 익숙한 이들이다. 럼주에 달뜬 이들이 메렝게를 흔들자 정원은 이내 유쾌하고 나른한 기운으로 충만해졌다.

5. 언제까지나 야생

우카이마 캄파멘토(캠프)의 카나이마 습지에 도착한 것은 정오에 가까웠을 때다. 20인승 경비행기에서 내리자 습하고 뜨거운 공기가 온몸을 덮쳤다. 카라카스에서 카나이마 습지까지의 비행 거리는 얼마 되지 않지만, 이 구간에 고산지대와 정글이 반복적으로 나타나는 탓에 자동차 여행 같은 대안은 사실상 불가능하다. 따라서 카라카스에서 푸에르토오르다스까지 중형 비행기로 45분간 이동한 다음 그 풍요로운 도시—푸에르토오르다스는 오리노코 유전 덕을 톡톡히 본다—에서 하룻밤을 보내고 다음날 오전에 다시 공항으로 나와 경비행기로 35분간 이동한 후에야 야자수잎을 엮어 지붕으로 얹은 원주민풍의 초소 옆에 미스터리하게 서 있는 '환영합니다 Bienvenidos' 표지판을 마주할 수 있다. 그 초소에서는 국립공원 입장료 15,000볼리바르를 징수한다. 베네수엘라 국민은 5,000볼리바르만 내면 된다. 내리고 보니 경비행기에 함께 탔던 사람 중 반 이상이 우리가 예약해두었던 숙소인 와쿠 롯지로 가는 것이었다. 카나이마 국립공원은 베네수엘라 남동부에 있는 자연보호 지구로 그 동쪽 끝의 그란사바나와 로라이마테푸이 등은 가이아나, 브라질과의 접경 지역에 해당한다. 서너 개의 캄파멘토로 구성되어 있고 캄파멘토마다 서너 군데의 롯지가 있다. 여행자들의 쉼터가 되는 이 롯지는 서로 멀지 않은 곳에 있고 그 롯지 밖을 벗어나면 물 한 병 살 수 없고 벤치 하나 없는 야생의 자연이 끝없이 막막하게 계속된다.

환영의 의미로 내준 음료를 마시고 얼떨결에 건네받은 돌 목걸이를 건 후 배정받은 방에 짐을 부렸다. 점심식사 후 카누에 올랐다. 앞으로 3박 4일간 일정을 함께하게 될 일행은 롯지 관계자를 제외하고 모두 열 명이었다. 카라카스에서 온 물라토 4인 가족이 탔고, 백인 노인과 물라토 젊은 여성 커플이 탄 다음, 누가 봐도 아시아인인 우리 넷이 탔다. 얼굴 색깔뿐 아니라 이목구비의 특성 등을 고려해 백인과 흑인의 혼혈인 물라토인지 백인과 남미 원주민의 혼혈인 메스티소인지를 구분하게 된 게 다 가르시아 마르케스 때문이었다. 나는 『콜레라 시대의 사랑』을 여행 가방에 넣어왔다. 특별한 일정 없이 푸에르토오르다스에서 하루를 보내며 희한한 사랑 얘기를 빠르게 읽어내려갔다. 뱃사공이 어떤 쓸쓸한 백사장에 배를 댔고 우리는 조금 걸어 둔덕을 넘은 다음 한 폭포에 이르렀다. 살토사포는 위협적인 폭포였다. 낙차가 큰 편은 아니었으나 물줄기의 폭이 어마어마하게 넓고 유속이 빨랐다. 따라서 물 커튼과 그것이 드리워진 바위틈을 걷게 된 형편에 처한 백인과 물라토와 아시아인의 상체는 앞으로 쏠리고 그 하체는 자꾸만 뒤로 빠져서, 무엇을 향해 나아가는지, 무엇으로 돌아가고자 멈추어 서는지 알지 못한 채 그저 버티고 소리 지르는 일만 반복했다. 그러나 많은 일의 마지막이 언제나 그렇듯 그것을 다 통과해 나오긴 했다. 그 물 커튼이 창문 두어 개를 가린 정도가 아니라 오페라 극장 커튼이었다는 것을 알게 된 것은 그것을 다 지나오고 난 다음이었다.

몇 시간째 내 눈은 한 여인을 좇고 있었다. 스페인 노인 호세와 함께 온 젊은 물라토 여인 알레한드라. 그들이 서로를 그렇게 부르는 것을 들어서 나도 그들을 그렇게 부르게 된 것뿐이다. 옷을 제대로 입고 있을 때 60대로 보였던 호세는 폭포를 통과하고 난 후 젖은 상의를 벗어던지고 나니 서글프게도 70대로 보였다. 나는 왜 서글퍼졌을까. 그와 커플이 되어 온 저 카리브 여인의 피부색과 다리 근육이 그의 늙은 몸과 큰 대조를 이루었기 때문이다. 바로 그 지점에서 호세가 알레한드라를 필요로 했을 것이다. 거대한 오리노코강의 지류로 이곳 카나이마 습지를 돌아나가는 강은 카로니강과 카라오강이다. 철분을 머금고 있어 그렇다지만 놀랍도록 검붉은 카라오강이 우리 눈앞에 펼쳐져 있었다. 구간마다 달랐지만, 그것은 잔잔하게 흐른다기보다는 에너지를 어쩌지 못하고 성난 모습이기 일쑤였다. 그 수상한 색 때문에 고요하게 소리 없이 흐를 때조차 상대가 경계를 멈추지 못하게 하는 것이었다.

일행이 줄지어 걸을 때마다 호세는 제일 뒤로 처졌고 알레한드라는 제일 선두에 섰으며 멈추어 선 곳에서는 알레한드라가 호세의 사진을 찍어주었다. 그러다가 알레한드라는 사람들에게서 좀 멀찍이 떨어진 곳에 혼자 앉아 있고는 했다. 남의 눈을 피하려고도 그렇다고 눈을 맞추려고도 노력하지 않은 채 그저 꿈꾸듯이. 『콜레라 시대의 사랑』에서 후베날 우르비노 박사가 빠져들던 자메이카 여인 바르바라는 내게 하나의 카리브 여인상을 심어놓았다.

> 그녀의 모든 것은 크고 강렬했다. 세이렌과 같은 허벅지, 서서히 달아오르는 그녀의 피부, 깜짝 놀란 그녀의 가슴, 완벽한 치열의 투명한 잇몸이 그러했고, 그녀의 온몸이 건강한 냄새를 발산하고 있었다.
>
> 가브리엘 가르시아 마르케스 『콜레라 시대의 사랑 2』, 민음사, 146쪽.

내려오는 길. 다시 뒤처지기 시작한 호세가 결국 일행과 멀어졌다가 한참 후에야 다른 길로 간신히 좇아와 만났을 때, 알레한드라가 호세를 향해 명랑하게 소리쳤다. 당신이 들짐승한테 잡아먹힌 줄 알았다고요. 트레킹 내내 보인 어떤 표정보다 환했던 그 얼굴. 그리고 그녀는 다시 말이 없어졌다. 들짐승이 없는 것이 그녀에게 불행인지 다행인지 알 수 없지만.

그날 밤 꿈속에서 나는 다시 경비행기에 타고 있었다. 조종석 바로 뒤에 앉았기 때문에 앞으로 하늘을 보며 날아갔다. 낮게 날았기 때문에 내내 구름 속에 있었다. 나는 구름을 앞으로 보고 그 속으로 빨려들어가는 것이 너무도 막막한 느낌이어서 울음을 터뜨렸는데 내 옆에 있던 아이는 옆 창을 보고(옆자리에선 앞창이 보이지 않았다) 악어 구름이라며 박수를 쳤다. 경비행기는 계속 낮게 날았는데 나도 적응이 좀 되는 모양이어서 한 뭉텅이의 구름을 통과하는 것이 아니라 한 구름을 통과하고 잠깐 구름 없는 하늘을 날다가 이내 다른 구름 속을 통과하고 있다는 것을 알게 되었다. 그때 아몬드 향을 잠깐 맡았고 아몬드나무 모양의 구름을 스쳐지나갔다. 『콜레라 시대의 사랑』에서 아몬드 향과 아몬드나무는 사랑의 메타포다. 직접 본 적은 없지만, 고흐의 그림에서 아몬드나무를 본 적이 있으므로 나는 그것을 알아보았다. 그러나 아몬드나무가 빠르게 시드는 것을 보고 또 가슴이 찢어지는 것 같았다. 콜레라는 상사병과 그 증상이 거의 같다고 한다. 콜레라 창궐의 시기와 낭만적 사랑의 시대가 일치한다고도 하고. 다만 잠에서 깨어나기 직전, 분홍빛과 자줏빛, 보랏빛이 층층이 퍼져나가는 크레푸스쿨로crepusculo를 본 것이 위로가 되었다. 스페인어로 그것은 황혼의 빛이다.

다음날은 살토앙헬에 오르는 날이었다. 세계에서 가장 높은 데(979미터)서 떨어지는 폭포로 기록된 살토앙헬은

살토사포의 물 커튼 안쪽을 통과한 다음 우리는 검붉은 카라오강의 위력을 실감했다.

글자 그대로 천사 폭포였다. 지난 세기 초, 지미 엔젤이란 자가 우연히 발견했다 하는데 누구는 탐험중 불시착했다 하고 누구는 그가 금을 찾아 헤매는 노다지꾼이었다고도 한다. 카누는 뒤집힐 듯 뒤집히지 않았다. 소용돌이치는 물을 겨우 뚫고 나와 배에서 내렸고 사바나 지형을 걸었다. 늪이 지척인데 이곳은 식물들이 옷에 스칠 때마다 바스락거리는 소리가 났다. 처음 보는 벌레, 처음 보는 새, 처음 보는 식물이 가득했다. 낯선 것은 그들이 아니라 내가 되어야 마땅할 것 같은 그런 환경. 그리고 다시 카누를 타고 커다란 바위가 물 한가운데 우뚝 서 있고 조약돌이 무덤처럼 쌓인 물길을 거슬러 올랐다. 테푸이 지형이 산신령처럼 나타났다. 탁상 산지라고 부르는 테푸이는 사암 고원이다. 머리가 날카롭지 않고 편평한 평지를 이루고 있는 이 경이로운 산은 선캄브리아대의 것이라 한다. 당시 베네수엘라 영토의 대부분은 얕은 바다였다 하는데, 15억 년 전의 퇴적암이 융기해 지상으로 얼굴을 내민 후 침식을 거쳐 3억 년 전부터 지금의 모습을 하고 있었다는 것이다. 테푸이를 열 개쯤 지나쳤다고 생각했는데 길잡이 헤수스는 이게 전부 하나로 연결된, 아우얀테푸이라 불리는 지형이라 했다. 디즈니 픽사 애니메이션 〈업〉에 나오는 탁상 산지와 파라다이스 폭포가 바로 아우얀테푸이와 살토앙헬이다.

그렇게 몇몇 산신령(실은 하나의 산신령의 다른 면모)을 만나고서 뱃사공이 우리를 또 어디엔가 떨어뜨려놓았다. 이 뱃사공에 대해서도 좀 할말이 있는데 이 사람은 정말 원주민이다. 키가 아주 작고 등이 둥글고 귀는 판타지 영화에 나오는, 특수 분장을 거친 사람의 것처럼 세모꼴이다. 머리는 목의 도움을 거의 받지 않고 몸에 착 달라붙어 있다. 표정 또한 기막힌데, 도대체 웃지 않는 얼굴 모양을 할 수가 있는지 궁금할 만큼 눈과 코와 입이 하나의 웃는 선으로 연결된다. 미소가 아니라 그 선에 있는 근육이란 근육은 최대치로 이완되는 그런 표정이다. 테푸이의 비밀을 모두 알고 있을 것만 같은. 내린 곳에는 큰 정자 같은 개방형 구조물이 두 개 있고 작은 폐쇄형 건물이 한 채 서 있었다. 폐쇄형 건물은 물론 화장실이었고 개방식 구조물에는 두 개의 큰 테이블과 의자 열 몇 개, 하나의 선반이 있었는데 알고보니 이 구조물의 주인공은 그런 물건들이 아니라 지붕을 가로지르는 쇠 파이프였다. 거기에 해먹 열세 개를 걸고 우리 열세 사람(열 명의 여행자와 한 사람의 길잡이, 그리고 두 명의 뱃사공)이 밤을 보낼 것이기 때문에.

간단하게 밥을 지어 먹고 묵언 수행하듯 천사 폭포의 발치로 향했다. 빗물이 테푸이의 머리 위에서 고이고 흐르고 떨어져 아래 땅과 만나는 그 첫 장소까지 오르는 두 시간가량의 등산 코스다. 우리가 해먹을 친 장소, 강 건너편 바로 그 장소에서는 우거진 숲과 구름, 안개 사이로 언뜻 폭포 일부만을 볼 수 있을 뿐이어서 좀더 가까이 다가가는

이 탁상산지의 3억 년 나이를 가늠하는 순간 나의 오늘 하루가 아득해진다.

것이다. 축축한 나뭇잎 침대에 발이 푹푹 빠지는가 싶더니 무성히 자란 열대식물의 오래된 뿌리가 땅의 경사면을 따라 드러나고 뒤엉켜 지옥의 구렁이 늪 같았고 빗질이 소용없는 마녀의 머리카락 같았다. 숨은 차오르고 발밑을 보고 가는 시간이 계속되었다. 목표가 뚜렷하면 과정을 쉽게 이겨낼 수 있다고? 나는 발밑을 보고 겨우 다음 숨을 고르는 과정 끝에 천사의 폭포에 이르렀다. 영광스러운 순간을 맞이하고야 말겠다는 일념 따위는 없었고 그저 내 숨을 내가 감당할 수 있는 선에서 내 시야에 앞사람이 있고 뒷사람의 시야에 내가 있기를 바라던 끝에 엉겁결에. 물웅덩이에 아이들이 바로 몸을 담그자 나는 허리를 펴고 뒤를 돌아보았다. 폭포를 등지고 서서 바라본 풍경 속에는 이제껏 지나온 것들의 전경前景—거대한 테푸이 병풍이 펼쳐졌다. 사람이 살 수 없는 곳. 모두 잠시 발만 담그다 이내 떠날 수밖에 없는 곳. 그 정도밖에 인간에게 허락하지 않는 곳. 땀과 물, 습기를 안고 다시 내려온 길, 해먹에 누워 우리는 모두 흔들렸다. 하늘엔 별이 멀지만 뚜렷했고 해먹은 충분히 폭이 넓었기 때문에 우리는 몸을 머리끝부터 발끝까지 완전히 감쌀 수 있었다. 모두 통통하거나 홀쭉한 누에고치 같아졌다. 내 해먹 옆은 알레한드라의 해먹이었다. 알레한드라의 해먹은 호세의 해먹과 밤새 붙어 있었다. 둘은 무언가를 끊임없이 속삭였다. 내겐 자장가였다. 지붕만 있는 곳에서 빛도 통신도 없이 누워 흔들리는 밤은 때마침 줄기차게 내리는 새벽 빗소리에 한층 다채로워졌다. 우기였다.

다음날 이른 아침, 살토앙헬은 완전히 안개에 휩싸여 버렸다. 카누를 향해 밀고 들어오는 물살은 더욱 세찼고 우리는 결국 사흘째에도 온몸이 홀딱 젖었다. 롯지에 돌아와 깊은 잠에 빠져들었다. 정신을 차리고 공용 공간에 나와 밥을 먹었고 앵무새와 투칸의 요란스러운 소리를 듣던 중 가까이서 알레한드라의 목소리를 들었다. 전화기 너머로 아들을 부르고 있었다. 아직 학교니? 밥은 먹었고? 저쪽에서 노인 호세가 알레한드라를 찾는 소리가 들렸다. 그의 목소리에서는 늘 낮은 쉿소리가 났다. 갈퀴로 마른 땅을 긁는 것 같은 그런 소리. 알레한드라는 사파이어 블루 컬러의 긴 치마를 입고 노란 민소매 블라우스를 입은 채로 카누가 단단히 묶여 있는 강가로 가면서 전화 통화를 마무리하려 했다. 잠시 후 방으로 가는 그녀의 옷자락이 풀숲 사이로 잠깐 보였다. 호세는 언제나처럼 자동차 얘기, 먼 나라의 전쟁 얘기, 자신보다 더 늙은 남자들 얘기와 알레한드라보다 좀더 젊은 여자들 얘기를 할 테고, 알레한드라는 듣기도 하고 듣지 않기도 하면서 앵무새를 바라보다 크게 웃기도 하겠지. 오후의 낮잠 시간이 이어졌다.

이튿날 오전, 우리가 비행장으로 향하는 트롤리에 짐을 싣는 사이 호세는 프런트에서 뭔가를 쓰고 있었다. 투칸이 롯지 직원 그레고리의 뒤꿈치를 계속 쪼아댔고 알레한드라는 그런 투칸을 나무랐는데 투칸이 그녀에겐 꼼짝 못했다. 우리는 곧 비행장으로 향했고 도착한 비행장에서 좀 지루하게 대기하는 동안 다음번 트롤리가 들어오는 것이 보였다. 트롤리는 네 사람을 격납고 근처에 내려놓았는데 거기서 내린 호세 커플과 당일 오전에 카라카스에서 막 도착한 또다른 백인 커플이 6인승 경비행기에 몸을 실었다. 호세는 우리와는 달리 이틀을 더 연장해 와쿠 롯지에 머물기로 했고 테푸이 틈을 탐험하러 떠난다고 했다. 신新 충성호에 탄 마르케스 소설 속 두 주인공처럼, 저 두 사람도 "빌어먹을 왕복 여행"을 "목숨이 다할 때까지" 계속할

해먹을 친 장소에서 바라본 살토앙헬의 모습. 무성한 나무숲 너머로 검붉은 강물이 흐르고 높이를 한눈에 가늠하기 힘든 태고의 물줄기가 면면히 쏟아져내린다.

알레한드라는 사람들에게서 좀 멀찍이 떨어진 곳에 혼자 앉아 있고는 했다.
남의 눈을 피하려고도 그렇다고 눈을 맞추려고도 노력하지 않은 채 그저 꿈꾸듯이.

생각일까?

푸에르토오르다스에 도착하고 숙소에 들어가 텔레비전을 켜니 뉴스에 카라카스 소식이 흘러나오고 있었다. 정부 여당 지지자들이 국회에 쳐들어가 야당 지도자들을 폭행했다. 피를 철철 흘리는 이도 피 흘리게 만든 이도 모두 물라토였다. 정말 세상 끝이라는 그란사바나나 로라이마 쪽은 보지도 못한 채 우리는 다시 카라카스로 돌아왔다.

6. 벌레의 집

콜리나는 언덕이라는 뜻으로 카라카스에는 콜리나라는 이름이 붙은 지명들이 꽤 된다. 카라카스에 와서 처음 세를 얻은 아파트가 있는 길 이름은 '콜리나레알(왕의 언덕)'이고 행정 구역상 '바예아리바(위쪽 계곡)'에 속해 있었다.

한국의 아파트에도 소위 로열층이라는 게 있으니 채광, 전망, 냉난방 효율, 소음 정도는 그 건물이 지어진 대지의 특성과 주변 건축물의 영향을 받을 것이다. 볼리비아의 수도 라파스 같은 도시는 가장 높은 곳이 해발 4,300미터에 이르니 가난한 사람들이야 어쩔 수 없이 고지에 판잣집을 짓고 살지만, 돈 좀 있다는 사람들은 고산병 증세를 덜 겪기 위해 저지대로 내려와 집을 짓고 산다. 카라카스는 해발 900미터의 도시여서 어디든 사람 살기 적당한 편이라 할 수 있지만, 부자들이 다른 사람들의 머리 꼭대기에 살고 싶어하면서 역시 언덕 기슭을 따라 고급 주택가가 자리 잡았다. 도심에의 접근도, 치안 상황, 아빌라산 조망권 등에 따라 언덕의 가치가 달라진다. 소위 바리오라 불리는 빈민가는 전혀 다른 이유로 언덕에 조성되었다. 지방에서 수도로 일자리를 찾으러 와 단속을 피해 무허가로 집을 짓다보니 자꾸만 하늘 꼭대기에 가깝게 살게 된 것이다. 이들에게 도시의 법령이란 조롱하고 무시할 수밖에 없는 장치였다. '왕의 언덕'이 있는 이 지역의 경우 예전에 제법

돈을 모은 신흥 사업가들이 고급 수입 자재를 들여 널찍하게 지은 아파트들이 모여 있는 곳이었지만 그것도 30여 년 전 얘기고 최근에는 관리와 정비가 제대로 되지 않아 버려지다시피 된 곳이 많다. 베네수엘라 부유층은 미국이나 스페인, 아르헨티나 등 다른 나라 국적을 동시에 보유한 경우가 많고 부동산을 분산해 소유하고 관리하는 경우가 대부분이어서 베네수엘라가 정치 경제적으로 도탄에 빠지자 보다 나은 환경을 제공할 또다른 조국으로 아예 근거지를 옮겨버렸다.

임시 숙소에 두 달간 머물면서 부동산 중개인을 따라 집을 열대여섯 군데 보러 다녔는데 관리 상태가 대부분 신통치 않았다. 이사를 더 미루기는 힘들게 되어 어디라도 빨리 살 곳을 결정해야 할 무렵 보게 된 아파트는 1층 공동 정원이 마치 정글 같았다. 적당한 크기로 자라 보기 좋게 가지치기한 정원수가 아니라 열대 밀림에서 무럭무럭 자라 넓적한 잎사귀 그림자 아래로 축축한 이끼가 자라고 이를 거처 삼아 울긋불긋한 곤충들이 펄쩍펄쩍 뛰어다닐 법한 야생의 나무들이 그득했다. 경계심을 잔뜩 품고 들어갔으나 결국 그 건물에 월세로 나온 한 집에 점수를 더 주게 된 데는 그 집 관리인의 인상이 아주 좋았다는 것과 복층 구조라 사방이 유리로 된 위층 전체를 서가로 꾸며 널찍한 공부방을 가족 모두가 갖게 되리라는 기대 때문이었다. 그렇게 이사할 집이 정해졌다.

우거진 채 다듬어지지 않은 자연이 주거지 가까이에도.

이 집은 머지않아 '벌레의 집'이 되었다. 이사벨 아옌데의 『영혼의 집』을 빗댄 이름이다. 사실 집을 보러 갔을 때도 방문 두어 군데로부터 이상한 징후들이 보이긴 했다. 좁고 길쭉한 비늘같이 생긴 투명한 것들이 먼지같이 문 뒤에 쌓여 있었는데, 중개인과 관리인에게 물으니 대수롭지 않게 대답했다. 이사 후 짐을 대충 정리하기까지는 바닥에 내려놓은 물건도 많고 먼지도 많고 전체적으로 쓰레기가 많아 하루에도 몇 번씩 바닥을 쓸고 닦으면서도 알아차리지 못했다. 머지않아 저녁에 반짝반짝 빛나게 닦아놓고 자도 이튿날 아침이면 또 흩어져 있는 투명 비늘의 모습이 뚜렷하게 보이기 시작했다. 창을 열어놓으면 공기를 타고 들어오는 꽃가루 같은 것인가 싶어서 한동안 그저 청소만 열심히 했다.

어느 날 청소중에 그릇장 아래 갈색 알갱이가 한 움큼 쌓여 있는 것이 눈에 들어왔다. 누가 흙을 흩어놓았나 싶었다가 가만히 앉아 자세히 들여다보니 단단한 알갱이라는 것을 알게 되었다. 흙이나 화분처럼 누르면 으깨지지 않았고 필터로 내리기 위해 거칠게 갈아놓은 커피처럼 비정형의 입자도 아니었다. 아주 작지만, 자로 잰 듯 일정한 지름을 가진 단단한 알갱이, 그것은 호두나무로 만든 그릇장을 갉아먹은 벌레의 작품이었다. 문 뒤에 수북하게 쌓인 비늘도 이 벌레의 날개였던 것. 그 벌레의 이름은 폴리야. 북미에서 터마이트라고 불리는 벌레도 목재를 갉아먹기로 악명이 높지만, 남미의 폴리야라는 놈도 정말 만만치 않게 먹성이 좋고 끈기가 보통이 아닌 놈이다. 놈은 오랫동안 사람이 살지 않던 집에서 통나무 문만 갉아먹다가 새 입주자가 가지고 들어온 색다르고 신선한 가구를 하나둘 파먹기 시작했다. 다정한 관리인 히메나Jimena(이 이름에 대한 사람들의 인상은 침착하고 참을성이 많은 사람이라는 것 같다)는 이전에는 전혀 모르는 일이라는 듯 어깨를 으쓱하더니, 그제야 폴리야의 소행이라는 것을 인정하고 말았다. 주변을 수소문해 소독 전문가를 부르기로 했다. 후미가시온fumigación이란 가스 훈증법으로 하는 소독이라는데 주로 목재 내장재가 많은 주택에 둥지를 트는 벌레들을 박멸하기 위함이다. 특정 가구 몇 가지를 소독하고 싶다면 해당 가구에 비닐로 막을 씌우고 가스를 주입한 후 반나절 기다리면 되고 집안 전체를 소독하고 싶다면 사람이 집을 비운 후 가스를 주입하고 역시 대여섯 시간 후 환기를 시키며 청소하면 된다. 전문가가 집안에 있는 목재란 목재는 전부 두드려보며 견적을 낸다. 가구와 문짝과 그림틀을 탕탕 두드릴 때 나는 울림을 통해 폴리야가 갉아먹고 지나가 텅 빈 '틈'을 전문가가 '느끼게' 된다. '퉁퉁퉁'과 '텅텅텅'의 차이. '텅텅텅' 소리가 나던 그릇장과 커피 테이블을 1차 소독하고 각방 문들에 특히 집중해 집 전체를 2차 소독했으나 폴리야의 소행은 멈출 줄 몰랐다. 사람의 그림자 끝을 유심히 지켜보고 있다가 자기

소독하던 날의 풍경. 저 독한 연기 속에 무엇이 살아남을 수 있을까 싶었지만 폴리야는 단번에 숨죽이지 않았다.

영역 표시를 정확히 하고 마는 토토로의 친구 메이네 집 동글이 검댕 먼지처럼.

> 나는 큰길을 따라 마을을 돌아다녔다. 집들은 하나같이 텅 비어 있고, 낡고 부서진 대문 사이로 보이는 것은 제멋대로 자란 잡초들이 전부였다. 마부는 저 풀을 마령초라고 했던가. “마령초는 사람들이 떠나길 기다렸다가 뿌리를 내리지요. 당신도 곧 보게 될 거요.”
>
> 후안 룰포, 『페드로 파라모』, 민음사, 13쪽.

후안 룰포가 『페드로 파라모』에서 마령초를 이야기할 때 그 으스스한 느낌을 지울 수 없었다. 폴리야 박멸법을 검색하다 곤충의 몸에 확대경을 대고 이리저리 살피는 행태에 질려 그 짓을 그만두어야지 했는데, 나는 어느새 또 마령초를 검색하고 있었다. 사람이 무언가에 사로잡힌다는 건 주술적인 면이 있다. 망각으로 가려는 노력은 오히려 각인의 효과를 가져온다.

> 마령초 capitana: 의료용으로 쓰이는 야생초의 일종

설명으로는 부족하여 이미지를 검색해보니 이파리는 가오리 모양이고 펠리칸처럼 불룩한 꽃받침이 밀어올리는 꽃잎은 동그랗고 하얗다. 하얀 꽃잎 안쪽으로 노란 심지가

점처럼 찍혀 있다. 소염진통제로 기능하는 아르니카와 함께 민간요법에 흔히 이용되는 약초인 모양이다. 사람이 떠나길 기다렸다가 뿌리내리고 제멋대로 자란 잡초들이 오히려 사람을 구한다는 얘기다. 나의 구원은 어디서 올까?

A씨가 말했다. "어제 문득 생각나 소스라치게 놀란 게 있는데요. 제가 기억력이 좋은 편이거든요. 지난 일은 작은 부분까지 다 훤히 기억하는 편인데 어제 정말 충격적인 것을 깨달았어요. 학교 들어가기 이전 기억이 하나도 없다는 것이에요. 아무리 어릴 때라도 예닐곱 살 기억은 단편적으로라도 다들 가지고 있잖아요. 그런데 아무것도 기억나질 않아요. 백지상태예요."

잊고 싶은 기억이 있어 의도적으로 시간을 밀어낸 것은 아닐까. 나는 그렇게 말씀을 드렸다. 아니면 아주 어릴 때 일들은 주로 사진 같은 보조 이미지로 기억이 강화되곤 하니까, 그런 물적 장치가 없었다든가 하는 이유가 있을 수도, 라고. 그러나 그때 내가 무슨 말을 한 건지 나도 잘 모르겠다. 동굴에 숨어버린 처음 시간을 갈망하는 그 헛헛함이 너무 생생해서 나는 며칠을 내 기억과도 싸웠다. 그는 자녀들의 자립을 보았고 젊은 날 크게 몰두했던 일의 결과를 어느 정도 보았으므로 스스로 성과에 고무될 법도 했으나 여전히 새로운 것을 시도하고 뜻있는 곳에 도움 주는 삶을 원했다. 그러나 '늙어가는 몸' 앞에서 '젊어지는 기억'이

절실했던 모양이다. 여기 모모가 있구나.

밝고 넓은 서재 때문에 선택한 집에 숨겨진 문제가 이리 많을 줄이야. 화장실 하수가 역류하고 지붕에서 물이 새고 테라스에서 거실로 빗물이 들이쳤다. 문고리는 떨어지고 자물쇠도 고장났다. 폴리야는 물론 가장 심각한 문제였다. 우리집엔 사실 가구라 할 만한 것이 많지 않았다. 잦은 이동 때문이기도 했다. 오랫동안 가지고 싶었으나 이런저런 이유로 미루다가 결혼 15년 만에 큰맘 먹고 구매했고 바라볼 때마다 흐뭇했던 그 그릇장에 문제가 생긴 것을 발견했을 때는 밑바닥에 이미 큰 구멍이 여러 개 나 있었다. 마음에 구멍이 뚫렸고 이놈의 집구석에 있으면 내 영혼이 탈탈 털릴 것만 같아서 두려웠으나 모든 것이 내 선택이었다는 생각에 울지도 못했던 나날이었다. 그릇장 밑에 쌓인 수북한 나뭇가루를 처음 발견하던 날, A씨는 현장에 있었다. 몇 번의 반복적인 소독에도 놈들은 사람의 뒷모습만 쏘아보며 기다렸다는 듯 재등장했다.

A씨는 인정과 신의가 있는 사람이다. 그는 나무 벌레 퇴치법을 주변에 수소문해 온갖 어려움(최근 카라카스에는 상상할 수 있는 모든 어려움이 가능하므로)을 뚫고 약품을 구해와 그릇장을 눕힌 다음 몇 시간 동안이나 구멍에 그것을 주입하고 가느다란 나무 꼬챙이를 들고 일일이 가루를 긁어내다가 결국 사체와 유충까지 파내었다. 사실

그 며칠, 나는 들은 말이 많았다. 한번 먹히기 시작한 가구는 결국 버리게 된다는 것이었다. 가스 소독을 두세 번 해도 자꾸만 다시 살아오는 벌레들 때문에 그렇다고 했다. B씨는 그냥 갖다 버리라고 했고, C씨는 얼른 이사하고 요가를 시작하라고 했다. A씨는 몰랐을까? 몰랐을 리 없다는 생각이 들었다. 그러자 내 속에 억울하고 속상했던 마음이 증발해버렸다. 왜 큰돈 주고 가구 들일 욕심을 부렸을까, 왜 이 집을 골랐을까, 왜 벌레가 한참 먹어들어간 후에야 알아차렸을까, 하는 원망과 자책이 7월 소나기에 씻겨 내려갔다가 8월 햇빛에 바싹 말랐다.

A씨가 잃어버린 기억을 이야기할 때 모모가 떠올라서 나는 에밀 아자르의 『자기 앞의 생』을 다시 읽어보던 참이었다. 사랑할 대상 없이 살 수 없다던 도시 한구석 그들의 이야기를.

> 노인들은 겉으로는 보잘것없이 초라해 보여도 다른 모든 사람들과 마찬가지로 가치가 있다. (…) 그런데 자연은 노인들을 공격한다. 자연은 야비한 악당이라서 그들을 야금야금 파먹어간다.
>
> 에밀 아자르, 『자기 앞의 생』, 문학동네, 179쪽.

존엄사를 울부짖던 모모도 결국 로자 아줌마의 자연사를 끝까지 지켜본다. '감당하는 마음'이 되어가는 것이 인생의 기쁨이다. 모모처럼 네 살을 한꺼번에 먹는다는 건 그런 도약의 순간일 테다.

그릇장을 지킬 수 있을 때까지 지켜볼 생각이다. 그러나 내다버려야 한다 해도 울지 않고 그렇게 할 수 있을 것 같다. 어리석은 짓을 아무렇지 않게 기꺼이 할 만큼 다급하게 마음 쓸 대상이 없는 삶은 아쉬운 삶이다. 모모의 시간은 그렇지 않았다.

그후로도 한참을 나는 벌레의 집을 지켰다. 카라카스라는 운명을 외면할 수 없다는 듯이 그날 이후로 정말 좀 의연해진 것도 같았다. 그것은 감당하는 마음의 약화된 버전임에 틀림없었지만 이 도시와 어쩐지 함께 살아갈 수 있으리라는 희망에 은은한 향을 지피는 측면이 있었다. 어느 날 전시 공간 Sala TAC에서 안데스의 직물 예술에 대한 전시를 보고 바로 옆에 있는 멋진 서점인 엘 부스콘에 갔을 때의 일이다. 엘 부스콘은 스페인의 황금시기 시인 프란시스코 데 케베도의 첫 소설명이다. 카라카스에는 그 난리통에도 소위 문학 전문 서점이라고 말할 수 있는 곳이 몇 군데 건재한데, 로스팔로스그란데스의 갈포네스 아트센터에 자리잡은 칼라토스, 알타미라에서 메르세데스로 이전한 루가르 코문, 그리고 이 엘 부스콘도 그중 하나다. 새 책과 더불어 중고 서적과 고서적, 지역 독립 출판물을 전시, 판매하고 작가와 번역가의 강연이 열리는가 하면 미술, 음악, 영화계

인사들과 연계한 다양한 문화 행사가 펼쳐지기도 한다. 그때엘 부스콘에는 이사벨 아옌데 회고전이 열리고 있었는데, 주로 카라카스에 은거한 작가나 아옌데의 창작 의지와 궤를 같이할 만한 예술가의 자취가 책갈피처럼 표시되어 이 도시의 색채를 다양하게 채우고 있었다. 이사벨 아옌데는 조국 칠레에 피노체트 쿠데타가 벌어지자 베네수엘라로 망명, 카라카스에서 『영혼의 집』을 썼다. 외조부와 외조모에 대한 그리움으로 가족사를 칠레의 근대사와 결합해 억압과 저주, 연대와 화해의 가능성을 환상적인 필치로 그려냈다. 인민 정부가 들어서기 직전인 1930년대부터 피노체트 군사 쿠데타가 일어난 1973년까지의 근대사를 4대에 걸친 트루에바 집안과 델 바예 집안의 역사 속에 녹여낸 것이다.

『영혼의 집』에서 옹고집 에스테반 트루에바의 비범함은 페드로 가르시아 노인의 혜안에 대한 신뢰에 있다. 페드로 가르시아 노인은 개미의 습격을 물리치는데, 그가 취한 방법이란 "여기는 너희들이 있을 곳이 아니"라고 말하는 것이었다. "정상적인 삶을 꾸려나가고 있다는 환상에 빠진 사람들과 자신들이 뗏목에 몸을 싣고 슬픔의 바다 위를 정처 없이 표류하고 있다는 것을 부인하는 사람들에게 그 참상을 알려야 한다"라고 '영혼의 집'의 주인인 클라라의 영혼이 손녀 알바를 채근한다. 그리고 알바, 즉 아옌데는 글을 쓴다. 벌레의 집에서 나는 정글을 생활공간 한구석에 두고 살아간다고 정말 느끼게 되었다.

7. 대정전

멀리 알타미라 지역에 불이 번쩍 들어왔다. 3일만 인가, 5일만 인가. 한두 시간쯤 기다리면 메르세데스 이남에도 빛의 연결이라는 축복이 내려지려나 기대해보지만 소식이 없었다. 건너편을 비추던 불빛도 신기루처럼 곧 사라져버렸다. 도시는 다시 어둠에 휩싸였다. 우리에게는 태우지 않은 초가 서너 자루쯤 남아 있었고 손가락 세 마디만한 초가 대여섯 자루쯤 양은 깡통이며 유리컵에 꽂혀 있었다. 물론 두 자루는 평소에 장식용으로 테이블 한구석에 놓아두던 제대로 된 촛대에 세워져 있었지만. 장식하는 물건들은 기능하는 물건들 사이에서 비로소 제자리를 찾는 법이다. 이렇게 된 이상, 원래 촛대였다든가 컵이었다든가 깡통이었다든가 하는 구분은 아무 상관이 없게 되었다. 바람이라도 불었던 것일까. 한쪽으로 비스듬히 녹았다가 불안하게 찰랑찰랑 고였다가 기어이 불균등하게 흘러내리는 촛농 덕분에 촛불은 계속 흔들렸다. 거실에서 부엌으로 이어지는 하얗고 긴 복도 벽에 걸린 내 그림자도 그에 따라 마치 혼령처럼 출렁거렸다. 출몰하는 집의 유령이 고요를 뚫고 어떤 리듬을 만들어내자 두려움은 서서히 가라앉고 어느 순간 안정감마저 들었다. 글이라도 몇 줄 읽어볼 요량으로 자리를 잡고 앉아보았지만 이내 싸구려 양초에서 그을음이 눈이며 코며 입을 온통 괴롭혔다. 그보다 그런

초도 아껴야 한다는 생각이 들기도 했고. 경건을 연습하는 수사의 마음가짐으로 부엌과 거실에 세워놓은 초에 쇠로 된 고깔모자를 씌워 불꽃을 죽이고 공간에 다시 완벽한 어둠을 불러들였다. 이제야 오히려 무사하다. 춤추는 혼령은 자취를 감췄다. 일찌감치 온 가족이 거실에 자리를 깔고 누웠다. 우리의 공간은 부엌과 거실로 한정되었다. 방에는 들어갈 수 없다. 해지기 전에 깡통 음식을 하나씩 따서 먹어치우는 것으로 저녁식사는 끝났고, 사방이 온통 깜깜하니 하늘에 달과 별은 유난히 다정했다. 아니 무정했다.

베네수엘라 사람들, 특히 카라카스 사람들 사이에 이제 아레파라든가 올리오(늘 부족해 구하려고 혈안이 된 식용유)만큼이나 하루에도 몇 번씩 일상적이고 친근하게 사용되는 단어가 있다. 트랑카라든가 마르차 같은 단어들이다. 보통 때 트랑카란 무언가를 금지하거나 차단하거나 막는다는 일반명사지만 여기서 트랑카란 길을 막아 사람들이 오고가지 못하도록 가둔다는 뜻이고, 일반적으로 마르차란 일종의 행진이지만 지금 마르차란 마두로 정권에 대항한 시민들의 게릴라 시위를 말하는 것이다. 통행금지령이 아니고서야 도시 전체의 도로망을 막을 수는 없는 일, 길을 막는다는 것은 길목을 막는다는 것이고 도시를 관통해 흐름을 만드는 아우토피스타 즉 고속도로로 나가는 길목을 막는다는 것이다. 몇 군데면 된다. 카라카스처럼 언덕에서 언덕으로 이어지는 도시에선 더군다나 그렇다. 그럼 길목을 막는 것은 누구인가. 아이러니하게도 시민을 통제하려는 정부가 아니라 시민들 자신이다. 시민 불복종으로 나아가도록 스스로를 독려하기 위함이고 예고된 단체 행동인 시위 참여를 상기하려는 의도에서 출발했다. 그러나 이는 엄청난 부메랑이 되어 시민의 삶 속으로 되돌아왔다. 트리니다드병원으로, 메트로폴리탄대학으로, 세멘타리오 시장으로, 응급실로, 강의실로, 영업장으로 시급한 삶을 이어가려던 시민들의 발을 어제 그리고 오늘 묶어버리는 일은 또다른 진풍경을 낳기도 했다. 길을 막고 소위 보초를 서는 사람들은 대개 '동네' 사람들이거나 '윗동네(대부분은 무허가 빈민촌)' 사람들이므로 푼돈 얼마를 찔러주거나 식료품 또는 생필품 한두 가지를 건네주며 사정하면 무슨 선심이나 쓰듯 길을 터주기도 했다. 주중에는 이런 식으로 동네 길목이 막혔다면 주말에는 대놓고 대로가 막히는 일도 비일비재했는데 먹고살 게 없는 와중에도 마라톤 대회는 꾸준히 자주 열리곤 했다. 입에서 단내가 나도록 달리다보면 이 모든 걸 잊게 될까.

아포칼립스의 선 체험이랄까. 일시에 도시 전체, 나라 전체의 전기가 나가버리는, 은유가 아니라 진경으로서의 블랙아웃이 눈앞에 펼쳐졌다. 전력 공급이 끊어졌고 물 공급도 끊겼으며 통신 두절이 이어졌다. 베네수엘라는 세계적인 원유 매장량을 자랑할 뿐만 아니라, 수자원 또한 풍부하다. 이런 배경 덕에 세계에서 두번째로 수력발전소가 건설되었는데 시설이란 관리와 보수가 뒤따르지 않으면 재앙이 이어지는 법이다. 2019년 3월, 주요 변전소에서 잇따라 폭발이 일어났고 터빈이 멈췄으며, 변전소로부터 실핏줄처럼 연결된 매립 케이블까지 노후, 손상 정도가 심각하지 않은 곳이 없음이 밝혀졌다. 차베스 정권 때부터 끊임없이 제반 시설에 대한 관리, 보수의 부실에 대해 문제가 제기되어왔지만 이를 외면한 결과라 할 수 있다. 부패한 정권은 오래되어 낡은 기간산업을 돌보지 않았고 부정부패의 문제는 식민시대 이래 계속된 부의 대물림과 관련이 있다. 차베스 이전 친미 성향의 괴뢰정부들은 집권 내내 극도로 썩은 내를 풍기더니 뒤를 이은 마두로 정권은 사회주의를 표방할 뿐 실제론 부패한 군부독재에 불과했다. 게다가 미국과 중국, 러시아가 마두로 정권을 놓고 벌이는 싸움은 베네수엘라 국민의 고통을 당분간 가중할 것이 뻔했다. 미국은 마두로가 물러설 때까지 이 혼란을 볼모로 삼고 있을 뿐 사태 해결을 위해 외부의 누구도 나서지는 않고 있다. 베네수엘라 내부에서 이를 해결하기는 쉽지 않아 보인다. 전문 인력과 보수에 필수적인 물자가 절대적으로 부족한 상황인데 현정부는 오히려 사실 자체를 은폐하기에 급급한 실정이다. 베네수엘라 정부는 제국주의자들과 싸우라 하고 미국은 지금이야말로 마두로를 끌어낼 때라 하는데, 베네수엘라 국민이 겪어야 하는 고난에 대해서는

(위) 길목을 차단하는 트랑가.
(아래) 제한 급수 시절부터 그렇지 않아도 귀하던 물이 대정전 참사를 맞이해 아예 구경조차 할 수 없게 되었다. 물이 있다는 소문이 들리면 끝도 없는 줄이 이어졌다.

어느 쪽도 그저 버티고 견디라는 메시지만 던질 뿐이었다.

풍부한 수자원을 가지고도 문제가 많았다. 상하수도 시설 또한 낡아빠진 수도관과 기술 개선을 잊은 정수 처리장으로 이루어져 있어서 수도 공급은 늘 제한적이었다. 그래서 개별 가구 단위로, 또는 아파트 건물 단위로 엔진 시설이 딸린 물탱크를 마련해놓고 제한 급수 시간(일일 2회 또는 3회로 지역마다 다르긴 하지만 30분에서 한 시간가량 수돗물이 공급되었다)에 미리 물을 받아두었다가 필요할 때마다 엔진에 전력을 공급해 물탱크의 물을 각 가정으로 끌어올려 세탁기와 개수대와 화장실이 최소한의 제 기능을 함으로써 일상이 돌아갔다. 수돗물에서는 늘 불쾌한 냄새가 났으나 수질을 논할 상황이 훨씬 지나 있었다. 아파트 단지에 개별 설치된 미국산 대형 필터를 통과해서도 물에 깊게 밴 냄새는 탈취되지 않았다. 전기가 끊기자 국가 단위의 수도 공급도 끊겼고 그나마 각 가구의 물탱크마다 어느 정도 저장해두었던 물마저 사용할 수 없게 되었다. 제한 급수 시절에도 '물차(유조차 같이 생겼지만 기름 대신 물을 싣고 각 가정이나 건물의 물탱크로 물을 실어나르는 차다)'는 꾸준히 장사가 되었다지만 이제 물차는 열 배, 스무 배, 백 배의 이득을 취하게 되었다.

그러나 약속을 믿지 않게 된 사람들이 그러하듯, 또는 약속이라는 것이 도무지 필요 없게 된, 막강한 부와 권력을 가지게 된 사람들이 그러하듯, 어떤 사람들은 자신과 자기 가정만을 위한 발전시설을 마련해두고 전기를 스스로 만들어 공급하기도 했다. 재력이 클수록, 약속을 믿지 않을수록 발전시설의 규모는 커졌고 물탱크의 용량도 커졌으며 나중에는 아예 지하 우물을 깊게 파서 아빌라산으로부터 쏟아져 내려오는 물을 직접 받아먹었다. 대통령궁인 미라 플로레스가 그랬고 군부 주요 인사가 근무하거나 거주하는 지역 주변이 그랬고 미국과 스페인, 파나마와 아르헨티나에 이중, 삼중 국적을 가진 재력가들이 그랬다.

그것은 마치 아르헨티나의 작가 훌리오 코르타사르의 단편 「점거당한 집」의 상황과도 같았다. 견고한 듯 보였던 사적인 공간인 집에 어떤 목소리가 파고드는 것이다. 집을 느낄 수 없게 하는 목소리, 나지도 들지도 못하게 하는 어둠의 손길이. 해가 중천에 뜬 낮에도 어둠이 바예아리바의 집 깊숙이 스며들었다. 길에는 차 소리도 드물고 집집이 각종 기기를 작동하는 소리도 멈추니 실체 없이 어둠 속에서 사람들이 속삭이는 소리가 공명하며 더욱 깊고 다층적으로 들려오기 시작했다.

집은 더이상 안전하지 않았다. 에너지가 공급되지 않는 집은 사람들을 밖으로 내몰았다. 소설 속 점거당한 집엔 별다른 조짐이 없었다지만, 현실의 카라카스엔 사실 징후가 늘 있었다. 정부는 변전소가 고장나도록 방치했고, 시민들은 공공의 것일 뿐만 아니라, 결국 자기 방으로 전기를 공급해주기도 하는 송전 케이블을 스스로 잘라다가 팔아서 먹거리를 샀다. 발전소나 변전소를 수리할 수 있는 전문가들은 해외로 속속 빠져나갔고, 국가 예산에 책정된 보수비용은 중간에서 흔적도 없이 사라졌다. 한때 전력을 수출하던 나라는 이제 컴컴하게 지내야 하는 날이 점점 잦아졌고, 전철이 안 다닌 지는 두 달이 넘어가고 있었다.

전기와 물 못지않은 문제는 통신이었는데 현대인의 필수품인 휴대전화가 제 역할을 하기 위해서는 전파를 송신하는 기지국이 제대로 일해야 하고 기기의 충전이 제때 이루어져야 한다. 전력망이 임시 복구될 때마다 기지국이 잠시 일하는 듯 보였는데 그럴 때를 대비해 사람들은 서울의 내부 순환도로쯤에 해당할 9번 자동차 전용도로 위에 차를 주차해놓고 수시로 손을 높이 뻗어 신호가 잡히는지 확인하고 또 확인했다. 타국, 타 도시에 사는 가족과 친지, 친구 들의 생사를 확인하고 자신의 생사를 확인시키기 위해. 기름이 조금이라도 공급되었다는 소문이 들리는 주유소로 몰려가 수십 킬로미터씩 줄을 섰다. 차에 기름이 있어야 휴대전화에 충전도 하고 라디오 뉴스도 듣고 차를 고속도로로 끌고 나가 인터넷을 사용할 기회를 얻을 수 있기 때문이다. 세계 최대 원유 매장량을 자랑하는 베네수엘라의 주유소에 정작 기름이 귀해진 사정은 사실 대정전 이전으로 거슬러올라간다. 국영석유회사는 그간 저품질 원유 공급으로 미국과 중국, 인도 정유사들로부터 주문 취소, 가격

할인 등의 요구에 시달려왔다. 베네수엘라를 비롯한 남미의 석유 대부분은 중질유, 쉽게 말해 금속 불순물이 많이 섞여 있어 정유 과정에 투자해야 하는 비용이 크다. 중질유의 채굴과 정제 과정은 유럽의 경질유나 중동의 경질유와 중질유 중간 단계에 있는 원유보다 비용이 많이 들어 경제성이 떨어진다. 국가 재정의 대부분을 원유 수출에 의존하는 베네수엘라가 미국의 경제제재 이후 자본조달을 통한 재투자를 하지 못해 이 상황은 더욱 악화되었다. 미국의 셰일가스 개발, 사우디의 저유가 정책으로 베네수엘라의 원유가 경쟁력을 잃어가는 가운데 중질유를 정제하기 위해 경질유를 수입해야 하는 딜레마에 처한 것이다. 국가 경제를 원유 수출에 전적으로 의존하며 베네수엘라의 경제 구조는 비슷한 고민을 지닌 중동 OPEC 국가들과는 다르게 변화했다. 미래 산업 투자에 열을 올리는 저들과 달리 베네수엘라는 자생적 농업과 일부 제조업마저 효율성을 이유로 도태되도록 방치했다.

전기 공급이 끊긴 지 사흘째 되던 날, 냉장고에 있던 식자재를 전부 꺼냈다. 녹아내리는 냉동실의 물기를 제거하고 실온에서 버틸 수 있는 시간에 따라 분류를 시작했다. 냉동실에 있던 해산물과 육류는 조리 과정을 거치면 하루 이틀은 먹을 수 있을 것 같았지만, 그 이상은 무리였다. 쿡탑이 가스에 연결된 가정은 전기 수급 상황에

상관없이 밥을 끓여 먹을 수 있어 저장해놓은 쌀이나 밀가루, 말린 식자재가 있다면 사정이 나은 편이었지만, 전기 쿡탑뿐인 우리집의 경우엔 당장에 라면 하나도 끓여 먹을 수가 없어 처음엔 냉동실에 있던 빵이나 비상식량으로, 선반에 올려놓았던 통조림 몇 개로 버텼다. 살면서 가장 비상식량다운 비상식량이었다. 사정을 알고 이웃들이 휴대용 가스레인지와 부탄가스통 몇 개를 가져다주었지만, 그 부탄가스라는 것이 냄비 밥 한 번 짓고, 물 몇 번 끓이고 나면 곧 바닥을 보이는 용량이라 함부로 쓸 수도 없었다. 시장은 마비되었다. 그러나 사람들은 어디선가 수입 상품들을 구해오고 있었다. 촛불을 켜고 창고를 뒤져 시세보다 비싼 가격을 매겨 물건을 팔았고, 이 소란 가운데서도 미국으로 대량 주문을 넣어 컨테이너 한가득 물건을 공급받는다는 소리도 들려왔다. 닷새째 되던 날 발전소의 부분 복구가 이루어진 것인지 전기가 잠깐씩 들어오기 시작했다. 하지만 지속 시간이 일정치 않았다. 대략 30분 이내였고 그나마 매일 들어오지도 않았다. 그러나 필수 전자기기를 충전하고 하루치 냄비 밥을 짓고, 익히지 않으면 먹을 수 없는 식자재를 익혀두기에 필요한 시간이, 그저 하루를 지내다보면 내일 또다른 하루가 이어질 수 있으리라는 희망을 품을 수 있는 시간이 그 30분이란 것을 알게 된 것은 참으로 놀라웠다. 이웃과 친구, 동료가 멀리서 길어다준 우물물로 대충 쌀을 씻어 냄비 밥을

지어놓고 휴대전화를 충전하다보면 어느새 해가 뉘엿뉘엿
지기 시작했고 양초도 아껴야 했으므로 온 식구가 일찌감치
배 주리지 않을 만큼만 저녁을 먹고 거실 바닥에 비스듬히
누워 날 저무는 풍경을 바라보다 별이 뜨면 잠에 빠져드는
나날이 계속되었다.

승강기가 움직이지 않으니 건물이 몇 층이건 걸어
다니는 것이 당연했고 대개 승강기가 있는 복도는 따로
창이 없어 어둠이 잠식했다. 그러자 사람들은 현관문을 열고
공용 공간을 향해 자신들의 빛을 내주었다. 재난의 현장이란
참혹한 삶의 한 페이지이면서도 인간성의 불씨를 확인하는
공간이기도 하다. 저마다 상황은 비슷해서 저장해놓았던
먹을거리를 풀어 요리한 것들을 나누기 시작했다.
무법천지라고, 치안이 좋지 않다고 해서 마음놓고 거리를
다니지 못하다가 사람들은 이제 거리를 걷기 시작했다.
서로 연락할 수 없었으므로 안부를 물으려면 직접 찾아가는
수밖에 없었고 차에 기름이 없다면 결국 걸어가는 수밖에
없었다. 다음달, 다음 계절, 혹 내년을 대비하며 냉장고에
쌓아두었던 것들을 이웃들과 나누는 사람들이 많았다.

보데가(본래는 와인 저장고를 뜻하는 말이지만 와인을
취급하는 상점을 가리키기도 하는데, 식자재가 귀한
베네수엘라에서는 수입 상품들을 와인과 함께 진열하고
파는 곳이기도 하다)를 뒤져 두루마리 휴지와 통조림 몇
개, 오트밀 따위를 챙겨 프라도델에스테와 산타이네스의

친구들을 찾아간다. 프라도델에스테의 15층 아파트에는 네 식구가 5리터짜리 페트병에 물을 길어 매일 들어올리며 산다. 아래, 위층에 독거노인이 있으니 그 집들 물도 함께 책임진다. 노인의 아들딸은 콜롬비아와 페루로 돈 벌러 갔다. 산타이네스에는 아직 전기가 들어오지 않는데 친구네 집은 비어 있다. 어디로 무언가를 구하러 간 것인지 한참을 기다려도 소식이 없다. 집에 오는 길에 어느 주유소에 줄이 길게 늘어선 것을 보고 덩달아 줄을 섰다. 두세 시간 기다려 차에 기름을 넣고는 노천 시장에서 채소 몇 가지를 팔기에 얼른 사서 돌아왔더니 전기가 또 끊겼다. 반나절 만에 다시 만난 전기를 놀라지도 않고 반기며 낮에 사온 식자재를 조리해 건물 관리인 가족과 경비 초소에 가져다준다. 집에 돌아갈 차편이 없어 보름째 꼼짝없이 갇혀 있다가 내일이나 교대 인원이 드디어 온다고 한다. 그래도 때마다 먹을 것이 조금씩은 계속 있었다고 한다. 바나나 구운 것이나 아보카도 넣은 카차파 같은 것을 주민들이 돌아가며 가져다준 것이다.

코르타사르의 또다른 단편 「남부고속도로」도 사회적 재난의 다른 면들을 보여주고 있다. 극심한 정체에 시달리는 고속도로상에서 일어나는 초현실적인 이야기인데 실은 이것이야말로 남미적 현실이자 매우 현실적인 재난의 사회학이 아닌가 싶어진다. 정확한 원인을 알 수 없는 극심한 고속도로의 정체 속에서 사람들은 무기력, 짜증, 두려움 끝에 의외의 평화로움을 맛본다. 보데가 장사꾼은

무력한 밤 이후 드디어 먼동이 터온다.

돈을 벌고 밀거래에는 나름의 법칙이 생긴다. 초인적인 힘을 발휘해 영원 같았던 정체 시기를 버텨온 사람들은 멀리서 희미한 도시의 불빛을 보며 환호한다. 그러나 결핍의 시간에서 도리어 허기를 채웠던 경험은 한여름 밤의 꿈처럼 허무하게 사라진다. 그 꿈속에서 삶의 정수를 맛보았던 이는 정상 상황에서 오히려 길을 잃는다.

> 이제는 일상적인 만남도, 몇 가지 의식도, 타우누스 차에서 모인 비상 지휘부도, 조용한 새벽 도핀의 애무도, 장난감 자동차를 갖고 노는 아이들의 웃음소리도, 묵주를 돌리는 수녀의 모습도 되돌이킬 수 없는 일이 되었다⋯⋯ 왜 그렇게 서두르는지도 모르면서, 왜 밤중에 낯선 차들과 함께

해시계.
오로지 태양에너지에만 의지해야 하는 하루하루가 이어졌다.

> 달리는지도 모르면서, 너 나 할 것 없이 전방만 주시하면서
> 그저 앞으로만 달리고 있었다.
>
> 훌리오 꼬르따사르, 「남부고속도로」, 『드러누운 밤』, 창비, 226쪽.

이 난리통에도 카라카스의 3대 골프장은 거의 정상적으로 돌아간다는 소리를 듣고는 기겁했다. 집에 가지도 못하고 씻지도 못하고 제대로 먹지도 못하는 사람들이 시중드는 골프장에서 씻고 먹고 골프채를 휘두르는 한 무리의 사람들이 있는 광경은 생각만 해도 아찔해서, 잔디에 뿌려대는 물줄기를 보며 직원들은 과연 무슨 생각을 할까 정신이 아득해졌다. 폭동이 나지 않을까. 폭동이 난다고 해도 오히려 너무나 당연한 상황 아닐까. 그러나 모든 것은 그냥 그렇게 흘러갔다. 물가는 오르고 정부도 더이상 자국 통화 볼리바르 사용을 강요할 수 없게 되어 암암리에 횡행하던 달러 거래는 노골적이 되었고 급격히 공식 통화로 굳어져가고 있었다.

우리 동네 바예아리바 지역은 약 보름 만에 전력 공급이 재개되었다. 그후로 얼마간은 예고 없이 끊겼다가 슬그머니 들어왔다 하는 도둑 같은 존재가 전기였다. 역시 쿡탑을 가동해 일용할 양식을 마련하는 일이 급선무였고 물이 좀 모이면 세탁기를 최소 시간으로 돌려 빨래를 해결했으며 진공청소기로 물 없이 마른 청소도 했다. 그 정도 일들을 해두고 나면 안심이 되었고 내일 걱정은 내일

하는 것에 익숙해져갔다. 마냐나, 마냐나, 비관적이라거나 긍정적이라거나 한마디로 요약할 수 없는 내일인 '마냐나'는 그렇게 내 삶에도 스며들었다. 우리가 소위 문명이라고 부르는 것들로부터의 완전한 분리 경험은 문명에 대한 성찰뿐 아니라 일상적 습관들을 돌아보는 계기가 된다. 그후로 나는 전자기기라는 것을 웬만하면 사지 않게 되었다. 커피콩을 갈아도 수동식 핸드밀이면 충분하고 캡슐 커피 같은 건 쳐다보지도 않고, 컵에 드리퍼를 올려 주전자 물줄기를 빙빙 돌리는 방식으로 커피를 내린다. 이사 다니며 전압이 바뀌고 전류가 불안정해 자주 고장을 일으키던 전기압력밥솥도 마지막 고장 이후엔 재구매하지 않고 칙칙거리며 추가 올라오는 압력밥솥을 쿡탑에 올려 밥을 짓는다. "삶을 비극이라 상정하는 순간, 우리는 비로소 삶을 시작한다"는 W.B.예이츠의 말을 떠올리다, 아래로 무성하게 늘어지거나 위로 끈질기게 타고 오르는 식물 사이에서 꾼 꿈들을 잊지 않으려 한다.

8. 스페인어 수업의 장면들

크리스탈 카브레라. 카나리아제도와 도미니카의 혈통을 이어받았고 형제들을 파나마와 우루과이, 브라질에 떠나보낸 유아교육 전공자. 그녀는 일주일에 두 번 내게 스페인어를 가르쳐주었다. 그전까지는 독학이었다. 짬을 내어 동영상을 틀어두고 혼자 중얼거리며 기본적인 단어와 간단한 표현을 익히려 여러 차례 시도해보았다. 그러나 역시 길잡이가 필요했다. 물론 크리스탈은 길잡이 이상, 친구 이상, 내게는 베네수엘라의 화신이다. 대략 6개월 정도까지는 그저 막연한 기대 속에 지루한 과정을 견뎠다. 이 낯선 언어로 한 문장을 그럭저럭 완성하려면 얼마나 많은 시간이 흘러야 하는 것인지. 크리스탈은 정확히 발음하는 법, 문법의 규칙과 변칙을 설명하면서 주제별로 정리한 명사와 동사 모음을 쏟아놓기도 하고 길에서 마주칠 수 있는 상황별로 대화 예시를 들기도 하면서 수업을 이끌어갔다. "Disculpe, puede guardarme mi lugar en la cola? Olvide buscar el queso. Ya regreso.(저 실례지만, 제 자리 좀 맡아주실래요? 치즈 찾는 걸 잊어서요. 금방 돌아올게요.)" 물론 나는 몸짓을 섞어가며 연습했다, 계산대 앞에 늘어선 줄에서 살아남는 법을. 같은 사물을 지칭하는 데도 스페인의 스페인어와 남미의 스페인어는 너무 다른 이름들이 많고 남미 안에서도 카리브해 연안 지역이냐

인문 서점 루가르 코문에서 책을 고르는 크리스탈 카브레라.

안데스산맥 주변이냐에 따라 다 다르다. 발음에 대해서라면 더욱 민감하겠는데, 예를 들어 pollo(닭)는 스페인에서는 '포요'고 아르헨티나에서는 '포쇼'지만 베네수엘라에서는 '포죠'인 것. 장을 보면서 과일을 놓고 작문 과제를 했다. 과일 열전이다. 나는 아이가 된다. 수업 초기엔 시제를 신경 쓸 수 없으니 전부 현재형으로 말하기 적당한 소재들일 수밖에.

Los Venezolanos comen los plátanos asados.

베네수엘라 사람들은 구운 바나나를 먹는다.

La patilla es la fruta representativa del verano.

수박은 대표적인 여름 과일이다.

Las cerezas son como corazones.

체리는 심장처럼 생겼다.

La ciruela secada es muy buena para la salud.

말린 자두는 건강에 매우 좋다.

El limón ayuda a remover el mal olor del pescado.

레몬은 생선 비린내를 잡는 데 도움이 된다.

En el norte de Europa comen el pavo con la salsa de arándanos.

북유럽에서는 칠면조를 먹을 때 크렌베리 소스를 곁들인다.

이제까지 과일 하면 대번에 떠오르던 사과, 배, 포도, 자두, 살구 같은 것들은 카라카스에서 그 대표성을 상실했다.

찾기도 어렵지만, 수중에 넣는다 해도 별맛이 없다.
과나바나, 파파야, 파르치타(패션프루트), 과야바(구아바),
파티야(수박), 멜론, 망고가 흔하고 먹을 만하다. 그러다보니
예문을 쓰더라도 여기서 사랑받는 과일에 대해서는 여기
식으로 생각하면서 내용을 채워넣게 되고, 이 나라 밖에서
사랑받는 과일에 대해서는 이들이 상상할 수 있게 그 이용
방법을 소개하는 식으로 문장을 구성하게 된다. 아보카도는
사람 머리통만큼 크고, 바나나(캄부르가 아닌 플라타노)는
구워서 먹는다.

어느 토요일엔 드디어 알타미라 주말 시장에 갔다. 제법
큰 규모의 노천 시장이다. 스페인어 수업을 이야기하며
왜 자꾸 시장을 등장시키는가 하면, 시장에서야말로
스페인어 사용에 필사적인 자세를 취하기 시작했기
때문이다. 나중에는 그림 해설이나 소설 비평이 실린 기사
따위에도 몰입하게 되었지만. 수십 일간 시위가 계속되고
있음에도 사람들은 여전히 먹는다. 아침 7시가 되기 전
도착했지만 벌써 사람들이 많이 와 있었고 푸줏간에 줄이
가장 길었다. 돼지 넓적다리 정도는 명절에 즐기는 요리의
재료가 되지만 평소에 돼지고기 소비는 많지 않다. 고기는
두껍게 먹는 비스텍, 얇게 저며 먹는 밀라네사 모두 인기다.
함께 간 사람들은 이 시장이 질에 비해 가격이 저렴한
편이라 했다. 가격도 가격이었지만 일반 슈퍼마켓에서는
볼 수 없던 다양한 종류의 생선이며, 유제품, 채소가 눈에

눈에 보이는 단어들이 팔딱거리며 살아 숨쉬는 시장.

띄었다. 가로수 열매만 따서 먹어도 굶지 않는다던 풍성한 베네수엘라가 여기서만큼은 실감난다. cebolla, aguacate, mango, leche, huevo, camarón, lagarto, jugo de limón(양파, 아보카도, 망고, 우유, 계란, 새우, 쇠고기 사태, 레몬주스) 등을 장바구니에 넣었다. 어물전에서 커다란 참치와 상어의 배를 가를 때 김이 모락모락 피어올랐다. 옆에서 민어과의 생선 쿠르비나를 사던 손님이 '깨끗이' 다듬어 씻어달라는 말을 할 때 limpio라는 단어가 그 온기를 타고 오르내렸다. 푸줏간에서는 '뼈'를 발라주세요, 라며 hueso라는 단어가, '비계' 떼고 주세요, 라며 grasa라는 단어가 쓰레기통에 던져졌다. 물론 그건 쓰레기통이 아닐 것이다. 뼈만 따로, 기름만 따로 원하는 사람이 얼마든지 있을 테니까 주인은 단지 그것들을 한군데 모으는 것일 뿐이다. 먹을 것이 없어 거리를 헤매는 사람들이 점점 더 많아지고 있다. 열매가 채 열리지도 않은 망고나무의 가지를 행인들이 막대기로 연일 흔들어대는 통에 소란스러워 난리라는 이웃은, 그러나 귀찮다기보다는 안쓰러워 어쩔 줄 모르는 표정이었다. 정부 시책대로, 정부가 정한 가격에 따라, 정부가 정한 양만큼만 살 수 있는 물건들이 있다. 밀가루나 마가린, 우유, 기름, 휴지 등이다. 버터는 구경한 적도 없지만, 마가린과 우유는 가끔 산다. 없는 것에 대한 아쉬움보다는 갑자기 구할 수 있게 된 것에 대한 놀라움에 주목하게 되는 일상이 자족인지, 굴종인지 자기 자신도 알 수 없다.

문장 구조를 파악하고 사전 없이 바로 떠올릴 수 있는 단어의 개수가 늘어나면서 당시 내 수준으로 당치않은 문장들이긴 해도 나는 네루다가 가브리엘 마르케스의 인터뷰에 응하면서 소설과 시에 대해 말하는 순간을 받아 적기도 했다.

> "mas intimo, mas recogido, recatadamente, verdader……
>
> 보다 친밀한, 보다 은밀한, 신중한, 진실한……"

눈에 보이는 바로 쓸모 있는 표현을 반복할 때보다 눈에 보이지 않는 저런 불완전한 단어들을 더듬으며 나는 스페인어 세계 속에 완전히 빠져들고 싶은 강한 욕구를 훨씬 더 자주 느끼게 되곤 했다. 스페인어라는 몸속에 숨겨진 내밀한 이야기들을 탐하는 것이 목표가 되자 일일 학습 계획표 따위는 소용없어졌다.

카를로스 푸에블라의 〈Hasta siempre, Comandante 사령관이여, 영원하라〉를 들었다. 솔레다드 브라보 버전으로. 저 노래는 "Hasta la victoria siempre(영원한 승리의 그날까지)!"를 외치고 볼리비아로 훌쩍 떠난 체 게바라를 기리는 노래다. 이 노래의 가사는 4절로 되어 있고 절마다 후렴구가 반복된다. 쿠바혁명의 발원지인 시에라 마에스트라 산맥에서 무장봉기를 시작하여 산타클라라에서 첫 승리를 거두고 쿠바를 떠나 혁명을 계속하려는 체 게바라를 기념하는 내용이다.

Aprendimos a quererte
desde la histórica altura
donde el Sol de tu bravura
le puso cerco a la muerte.

Aquí se queda la clara,
la entrañable transparencia,
de tu querida presencia,
Comandante Che Guevara.
(...)
Tu amor revolucionario

te conduce a nueva empresa
donde esperan la firmeza
de tu brazo libertario.

Seguiremos adelante,
como junto a ti seguimos,
y con Fidel te decimos :
"¡Hasta siempre, Comandante!"

우리는 사랑을 배웠지.
역사의 고원으로부터
그대 용맹의 태양이
죽음을 둘러싼 그곳.

여기 분명히 남아 있네.
존경받을 만한 당신이
사랑한 것은 투명함
사령관 체 게바라.
(…)
그대의 혁명에 대한 사랑은
새로운 과업으로 그대를 이끌고
확고한 희망이 있는 그곳에
자유로운 팔을 두네.

우리 그대 뒤를 따르리,

그대가 계속한 연대의 길을.

그리고 피델이 말한 것처럼:

“사령관이여 영원하라!”

솔레다드 브라보의 목소리는 애처롭고도 강인하며 먼 곳을 기억한다. 인디오 혈통으로 누에바 칸시온의 시초라는 아르헨티나의 아타왈파 유팡키는 또 어떤 목소리를 가졌나. 그의 이름 아타왈파는 ‘먼 곳에서 와서 노래하는 사람’이라지. 네루다의 권유로 칠레에서 새 노래 운동(누에바 칸시온)을 시작한 비올레타 파라도 있다. 1950~1960년대 이들 ‘시조’들은 각지를 다니며 민속음악을 채집했다. 라틴아메리카 문화가 스페인으로부터 이식된 것이 아니라 잉카 문명에 뿌리를 둔 인디오 문화에서 자생적 발전의 근거를 지녔음을 인식하고 설파한 것이다. 이 민속음악의 현대화를 통해 그 계승자들인 칠레의 빅토르 하라, 아르헨티나의 메르세데스 소사, 우루과이의 다니엘 비글리에티는 1970~1980년대 제국주의에의 종속, 독재 정권의 억압과 착취로부터 벗어나고자 했다. 노래의 힘이 들풀처럼 번져온 라틴아메리카를 덮었던 그때의 기억을 또다른 희망으로 간직하고 살아가는 사람들이 있다.

2부. 보다 진실한

1. 민중성의 색채

지난여름 로물로 가예고스 문화센터의 리셉션에 참석한 기억이 있어 거기에 이웃한 갤러리 카프를 찾아가는 데 특별한 어려움을 겪지는 않았다. 베네수엘라를 대표하는 작가이자 국가수반의 자리에도 오른 인물인 로물로 가예고스는 베네수엘라의 주요한 문화 상징이다. 그의 작가 이력이나 정치 지도자로서의 업적을 평가하는 데는 갑론을박 논쟁이 많지만, 라틴아메리카에서 최고 권위를 자랑하는 문학상 중 하나인 로물로 가예고스 문학상의 존재만으로도 그에 대한 예우는 충분하지 않은가 싶다. 멕시코의 카를로스 푸엔테스, 페루의 바르가스 요사, 아르헨티나의 훌리오 코르타사르, 콜롬비아의 가르시아 마르케스 등 라틴아메리카의 이름난 작가들은 대부분 그 문학상의 수혜자가 되었다. 로물로 가예고스 말고도 작가가 정치, 외교 분야에서 활동한 예는 20세기 라틴아메리카에서 매우 광범위하게 발견된다. 카를로스 푸엔테스는 프랑스 주재 멕시코 대사로 활동했고, 바르가스 요사는 1990년 대통령 선거에 출마했다가 후지모리에 패배, 스페인 국적을 취득하고 유럽에서 작품 활동을 한 바 있다. 파블로 네루다의 경우 상원의원 경력과 공산당원으로의 활동 이력 이외에도 아옌데 인민연합 정부가 수립된 이후 주프랑스 대사로 임명된 일화는 유명하다.

갤러리 카프는 라틴아메리카 개발 은행이 자사 사옥에 마련한 전시 공간이다. '도시 미학'이라는 이름으로 마련된 전시회 개막전을 찾았다. 전시 안내 앱에서 대형 목탄화를 보고 시선이 오래 머물렀던 것이 이곳을 찾은 이유다.

입구에서 3행 3열의 아홉 폭짜리 그림이 방문객을 맞이했다. 화면의 재질은 캔버스가 아니다. 거칠고 누런 종이인데 자세히 보니 클랍CLAP 봉투와 아리나 판의 대용량 봉투를 재활용한 것이다. 클랍이란 Comité Local de Abastecimiento y Producción의 약자로 글자 그대로 해석하면 지역 공급 및 생산 위원회를 뜻하는데, 식량난을 타개하기 위해 2016년 니콜라스 마두로 대통령 주도로 만들어진 정부 기구다. 기구 구성 시 '혁명을 방어하기 위한 정치적 도구'라고 대통령이 밝힌 바 있다. 구성원 규모에 따라 기준을 달리해 가구별로 한 달에 한 번 식료품 패키지를 구성, 전달하는 것이 주요 업무다. 식료품 패키지의 내용물은 건조 파스타 면, 쌀, 렌틸 등의 콩류, 옥수숫가루, 식용유, 케첩, 마요네즈, 가루우유, 정어리 통조림 등이다. 이 모든 종류가 골고루 넉넉히 들어가는 것은 물론 아니다. 긴 식민 역사 끝에 청산되지 못한 수구 세력이 미국의 괴뢰정부 성격을 띤 우파 정부로 있을 때부터 이 땅의 주민들은 큰 고통을 받았다. 차베스 정부가 들어서면서 빈부 격차가 눈에 띄게 줄고 자주, 자치의 기치를 높이 들었지만, 권력 기반이 기득권 세력인 군부였던 점, 또 원유 채굴에 지나치게 의존적인 기형적 산업구조를 쇄신하지 못한 점, 그리고 정비되지 못한 제도를 잠식해간 뿌리 깊은 부정부패는 미국의 강력한 제재 드라이브와 국제 유가 변동 등의 악재가 겹치면서 국민경제를 파탄으로 치닫게 했다. 이 클랍 박스는 베네수엘라 경제의 슬픈 현주소다. 한편, '아리나 판'은 옥수수를 주식으로 하는 대부분의 중남미 국가에서 가장 인기 있는 옥수숫가루 브랜드다. 세계 어디를 가든지 중남미 이민자들을 주 고객으로 하는 식료품점은 이 아리나 판을 반드시 갖추고 있다. 타 재료가 섞인 비율에 따라, 또 입자의 굵기에 따라 종류가 다양하고, 같은 아레파용이라 해도 파나마와 콜롬비아, 베네수엘라의 것이 모두 다를 만큼 중남미인들에게 있어 아리나 판은 식탁의 모든 것이다. 이 두 포장용지에 그려진 그림은 쓰레기 봉지를 뒤지는 한 남자의 뒷모습이다. 먼 배경에서는 시커먼 연기가 피어오르고 남자의 실루엣은 뚜렷하고 선명하다. 대부분은 단순하고 값싼 목탄으로 그렸지만 두 개의 커다란 쓰레기 봉지만은 값비싼 금박을 한 땀 한 땀 덧씌우는 방식으로 표현했다. 작가는 나중에 이 작품을 자신의 *Luxury* 시리즈에 추가했다. 그가 금박을 입혀 완성한 다른 오브제는 화장실용 두루마리 휴지, 달걀, 치약을 가득 짜서 올린 칫솔 등이다. 누구나 매일 쓰는 가장 일상적이고 값싼 물건, 심지어 쓰레기 봉지같이 흉물스럽다고 할 수도 있는 사물에 값비싼 금박을

(위) 헤수스 브리세뇨가 갤러리 카프 전시를 위해 전시실 벽에 〈도시 연구의 한 스케치〉(2019)를 작업하고 있다.
(아래) 헤수스 브리세뇨, 〈오늘 같은 어느 하루를 위한 스케치〉, 2017.

헤수스 브리세뇨, 〈수상자들〉, 2016.

입힘으로써 작가가 강조하고자 하는 것은 무엇일까. 그의 화풍은 남미의 독특한 리얼리즘적 표현 기법을 구축했던 지난 세기의 화가들에게서 뿌리를 찾을 수 있는데 멕시코의 디에고 리베라 Diego Rivera, 1886~1957 또한 그중 하나가 될 수 있겠다.

후안 룰포의 소설집 『불타는 평원』의 한국어판 표지 그림으로 디에고 리베라의 〈꽃 파는 여인〉이 사용되었다. 사람 몸집보다 훨씬 더 큰 바구니에 노란 술이 달린 하얀 카라꽃을 가득 담고, 그 바구니 둘레로 맨 끈에 자기 어깨를 건 사람이 정면을 향해 몸을 구부린 채 허리에 힘을 주며 버틴다. 사람의 얼굴은 가려졌고 단지 애쓰는 정수리가 약간 보일 뿐이다. 축제 같은 꽃송이들이 바구니 밖으로 고개를 내민다. 풍성하게 넘쳐흐르는 꽃바구니는 그러나 이 여인에게 더이상 축제일 수 없다.

『불타는 평원』에 실린 단편 「나를 죽이지 말라고 해!」에는 35년 전 지주의 악랄함에 분노를 이기지 못하고 살인을 저지른 후벤시오가 닥쳐올지 모를 처벌이나 복수를 두려워하며 숨어살다가 기어이 눈앞에 다가온 보복의 칼날을 목도하고 허망함에 젖어 목숨을 구걸하며 현실에 저항하는 장면들이 나온다. 폭력과 증오, 죄의식과 공포 속에서도 몽상에 젖어 비극적 현실을 망각하며 일상을 버티는 멕시코 민중이 그려진다. 결국 피해자의 아들인 멕시코군 대령에 의해 즉결심판으로 총살당하고 마는 후벤시오의 허망한 결말은, "총알 세례에 벌집이 된" 후벤시오의 얼굴이 마치 "코요테에게 뜯어먹힌" 형상이라고 아들이 전하고 있듯 무질서와 폭력이 지배하는 혁명기 멕시코를 직시하게 하면서, 다른 한편 민중이 품는 희망의 아득함을 마주하게도 한다.

멕시코에 디에고 리베라가 있다면 베네수엘라에는 세사르 렌히포Cesar Rengifo, 1915~1980가 있다. 극작가이자 화가였던 렌히포는 멕시코 벽화 전성기에 멕시코로 갔다. 삶의 터전에서 내몰려 유리하는 사람들의 굽은 등과 꽃을 든 거친 손이 화려한 색감의 풍속화 속에 담겼다. 그리고 지금 만나는 이 젊은 작가, 아르만도 레베론 미대와 골드스미스

예술대에서 공부한 젊은 화가 헤수스 브리세뇨Jesús Briceño가 포착한 21세기 카라카스의 거리 풍경과 인물 군상이 그 맥을 잇는다. 헤수스 브리세뇨가 그리는 민중성은 디에고 리베라나 세사르 렌히포와는 다른 차원이다. 아르만도 레베론을 통과했기 때문이다.

아르만도 레베론Armando Reverón, 1889~1954은 베네수엘라 회화에서 모더니즘을 체화한 최초의 작가로 정신이나 이념으로서의 근대성 탐구에 그치지 않고, 삶의 지향이나 일상 자체를 거대한 모험으로 이끌고 갔다. 예를 들면 그는 파트너 후아니타 리오스, 실물 크기의 '인형'과 함께 작은 카리브해 마을인 마쿠토에 오두막 여러 채를 짓고 살았다. 도시로부터 떨어져나와 원시적인 습관을 채택함으로써 자연에 대해 더 깊이 이해하기를 원했던 것이다. 작업 초기엔 주로 해안 풍경을 그렸는데 물과 모래 위로 반사해 쏟아지는 흰빛으로만 화면을 채웠다. 이 흰빛의 신비로움이란 한참을 바라보아야 가까스로 형상을 약간 구분할 수 있을 법한 고도의 밝음인데 이 빛 속에서 서서히 실체를 드러내는 카리브해의 물성이란 생생하게 촉각적이기까지 해서 레베론 특별전을 마련했던 뉴욕현대미술관은 그의 이런 그림들을 "단색 추상 미술의 예고"와 같았다고 표현한다. 비평가 알프레도 볼튼은 이 시기를 '백색 시대White Period'라고 불렀고 베네수엘라국립미술관에는 그가 찍은 레베론의 1930년대 사진들이 보관, 전시되고 있다. 서서히 인근 라과이라

(위) 아르만도 레베론, 〈농장〉, 1930.
(아래) 아르만도 레베론, 〈해변〉, 1942.

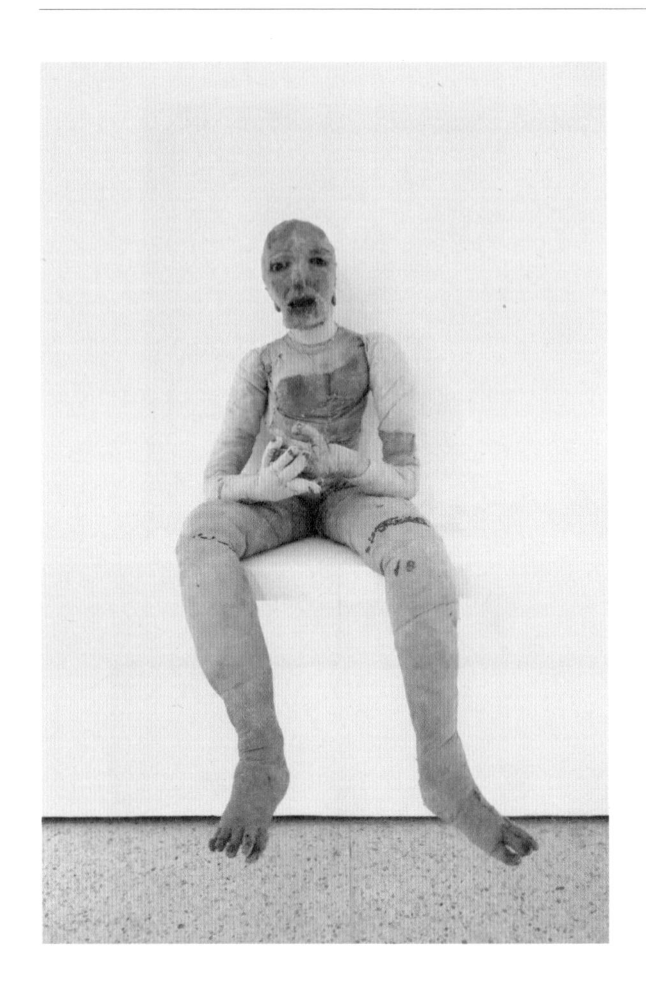

아르만도 레베론이 직접 제작한 인형.

항구의 산업 활동에 대한 묘사로 소재를 넓혀가던 시기의 작품들은 갈색 톤이 주조를 이룬다는 이유로 '세피아 시대'라 불린다. 그러나 그가 최종적으로 천착한 장르는 인물화였고 그 대상은 바로 실물 크기의 인형이었다. 정신쇠약과 우울증으로 요양 병원에서 생활하다 감금에서 해방된 이후에는 줄곧 그랬다. 나무로 벽을 세우고 지붕을 초가로 덮었으며 마치 동거하는 인형에게 한 세계를 열어주기 위함인 듯 가구와 그릇과 장식품들을 손수 만들어 공간을 채웠다. 풍경에서 빛에 매달렸던 그가 인물화에 이르러서는 어둠을 탐했다. 그가 빚은 오브제들은 어둠 속에서 경계가 더욱 모호해졌고 화면을 보는 관람자는 차츰 더듬거리게 되었다. 벗은 인형들은 진짜 사람들과 거의 구분되지 않고 차이 없이 누워 있거나 앉아 있고 활동한다. 그는 자신이 빚은 인형의 세계로 깊이 묻혔다.

헤수스의 아틀리에에 들어서자, 그가 레베론의 후예라는 것을 단숨에 알아차릴 수 있었다. 갤러리 카프 전시회 이후 나는 작은 아이를 데리고 매주 한두 번씩 그를 찾아갔다. 알타미라 프란시아 광장에서 동쪽으로 대여섯 블록 떨어진 옆 동네 로스팔로스그란데스는 그가 태어나고 자란 동네로, 아빌라산 쪽에 붙은 동쪽 지역 세부칸으로 옮겨가 사는 그의 부모가 내준 방 두 칸짜리 아파트를 그가 작업 공간으로 쓰고 있다. 작은 아이는 매일 그리고 있고 계속 그리고 싫어하는 아이였다. 아이에게 헤수스를 소개했고 아이는 스승 옆에서 눈을 반짝이고 손가락 외에는 미동도 안 하며 너덧 시간씩 그림을 그렸다. 나는 그가 뒷방 벽에 차곡차곡 기대놓은 캔버스를 차례차례 앞으로 기울이며 그의 지난 작업물들을 구경하기도 하고, 그가 섞어놓은 물감이며 끝도 없이 다양하게 쏟아져나오는 목탄 더미를 손등에 문질러보기도 하고, 아무렇게나 쌓아놓은 식료품 봉지 더미를 헤치고 가루 커피를 찾아서 커피를 타 마시기도 하고, 시중에는 없는 진기한 도록들을 들추기도 하면서 가끔 헤수스에게 질문을 한다. 밖에서 함께하는 일과 안에서 혼자 하는 일에 들이거나 혹은 얻는 에너지의 차이 같은 것들을.

기형적 도시화의 상징이자 범죄의 온상이라는 오해를 모두 짊어진 산동네 바리오 지역에서 그가 창립자로서 수년째 이어오고 있는 아시엔도 시우다드(도시 만들기) 프로젝트는 예술가들과 도시빈민 활동가들의 연합으로, 이들은 동네마다 '얼굴'을 가지게 한다는 목표를 가지고 벽화 작업을 한다. 낡고 위태로운 구조물을 개선하는 작업도 병행한다. 그 과정에서 방치된 무수한 쓰레기들도 치운다. 그가 몰두하는 인물화 시리즈로 *Sleepers* 같은 것들도 있다. 아기와 노인, 젊은 여자와 남자, 노동자, 강아지가 선잠이든 깊은 잠이든 꿈이란 뜻도 가진 잠sueño에 빠져 있는 장면들이 포착된다. 잠든 이의 얼굴은 인간이 취할 수 있는 가장 순전한 상태에 이른 것이 아니던가. 긴장과

헤수스 브리세뇨의 아틀리에.

헤수스 브리세뇨의 *Sleepers*와 *Conscious Sleepers* 릴레이.

의도가 사라진 현장. 헤수스는 놀랍게도 한국의 지하철에서 퇴근길 피로에 지쳐 쓰러지듯 잠든 사람들의 군상도 별도의 시리즈로 마련했다. 런던 골드스미스 동문으로 가깝게 지낸 한국 아티스트를 따라 한국을 방문하고 여러 지역을 한참 여행했던 것. 걱정스러운 삶 가운데서 드는 잠은 그조차도 노동이라는 듯한 풍경이다. 팬데믹의 시대, 그는 전 세계에 흩어져 각자 고립된 아티스트들에게 다소 엉뚱해 보이는 제안을 했다. 사용한 쇼핑백에 어떤 얼굴을 그린 다음 각자 얼굴에 덮어쓰고 인스타그램에서 릴레이를 벌이자는 것. 이는 *Conscious Sleepers* 시리즈로 모아졌다. 연재물은 계속해 올라오고 있다. 가려짐과 드러남, 단절과 연결, 종이라는 매개체의 고체적 물성과 그를 통해 드러나는 감정의 유동성 등이 다채로운 인상을 준다.

그리고 지금 우리집 현관에서 거실로 통하는 벽에는 그가 그린 여섯 폭짜리 아빌라 그림이 걸려 있다. 블루 톤이 변주를 이루는 산과 하늘이 시원하다기보다는 오히려 뜨겁게 타오르는 듯하고(이글거리는 태양빛으로 눈이 부시다 산 너머로 해가 지고 나면 일시에 보색 대비의 착시현상에 시달리듯이) 황량하고 쓸쓸한 감정을 불러일으키리라 예상되는 거친 표면은 의외로 풍성하게 피어오르는 생명력을 느끼게 한다. 벗어나기를 원했지만 도리어 갇혀버린, 그립고도 지긋지긋한 평원을 통해 후안 룰포가 그리는 멕시코 민중의 마음처럼 베네수엘라의 산지가 그렇게 헤수스를 통해 지금도 그려지고 있다. 모든 낡고 허약한 것들, 위태롭게 버티면서도 어떤 리듬 안에서 온기를 느끼며 살아가는 사람들을 그의 그림에서 본다. 우리에게 대개는 먼 듯, 그러나 아주 가끔은 눈앞에 다가온 듯 생생한 희망이 없다면 어떻게 살아갈까. 안드레이 플라토노프가 20세기에 막 들어선 소비에트 사회에서 목격한 것도 그러한 모습이었으리라. 작가는 무익하고 하잘것없는 삶에서도 커다란 약속을 찾아낼 줄 아는 참새나 농부의 "설명할 수 없는 희망" 위에서 세계를 짓고자 했다.

그러나 20세기 예술가들의 위대한 기획들에서도, 그들에 대한 추종을 빙자한 21세기의 변종 기획들에서도 우리는 어른거리는 진실의 그림자 한 귀퉁이만을 겨우 손에 잡았다가 놓치고 마는 것 아닌가. 베네수엘라의 국가는 〈Gloria al Bravo Pueblo 용맹한 민중에 영광을〉이다. 들풀 같은 민중은 굴종과 타협과 각성과 궐기를 쉬지 않는다. 영광은 시몬 볼리바르와 우고 차베스 같은 영웅들에만 머무를 수 없는 것이다. 그래서 새로운 민중은 발견되고 부단히 창조되어야 하는 것 아닌가.

2. 시대적 상징성을 획득한 한 개인의 취향

카롤리나는 좋다고 했다. 11시쯤 어때요? 그렇게 해요.
아카펠라 합창단의 최종 리허설이 있을 예정이지만 한쪽에서
얘기 나누고 사진도 좀 찍고 그러기에 무리는 없을 거예요.
지오 폰티 테이블도 프랑스 전시를 끝내고 다시 돌아왔고
말이에요.

카라카스 시내의 불안한 치안 상황 때문에 예약 방문만
가능한 이곳의 이름은 엘 세리토, 혹은 비야 플란차르트다.
세리토는 작은 언덕이란 뜻으로 라 킨타 엘 세리토La Quinta
El Cerrito, 즉 작은 언덕이라는 이름의 집이고, 건축주였던
부부의 성을 따서 비야 플란차르트Villa Planchart, 곧
플란차르트 빌라로도 알려져 있다. '주택'이지만 일반
대중에게 부분적으로나마 개방되는 이유는 나름의 가치가
있어서다.

설계자는 이탈리아 디자인의 르네상스를 일군 건축가
지오 폰티Gio Ponti, 1891~1979다. 1953~1954년에 산 로만 언덕에
지은 주택이다. 건축주는 아르만도와 아날라 플란차르트
부부. 플란차르트 빌라라고 할 때는 소유주가 부각되고
엘 세리토라고 할 때는 주택이 자리잡은 장소를 강조하는
이름이 된다.

카라카스 상류 사회의 부유한 이들이었던 플란차르트

부부는 이탈리아 밀라노에서 발행되던 건축, 인테리어 잡지 『도무스』를 통해 지오 폰티의 작품에 대해 알게 되었다. 이들은 지오 폰티에게 자신들의 주택 부지인 산 로만 언덕에 조경을 포함한 건축 일체를 맡기기 위해 밀라노로 여행했다. 이들이 원했던 것은 1950년대 당시 첨단으로 여겨지던 근대성의 기준에 부합하는 집, 공들여 수집하고 가꾸는 난초와 사냥용 트로피를 소장할 수 있을 뿐만 아니라, 내부로는 어느 시점에서도 저택의 구석구석을 바라볼 수 있고 외부로는 장대하게 펼쳐지는 아빌라의 전경을 가장 극적으로 볼 수 있는 집이었다. 여러 차례 카라카스를 방문한 지오 폰티는 스케치를 거듭 고쳐나가며 설계에 공을 들였다 한다. 그 결과 중앙홀에 집중된 일련의 내부 구조를 지닌, 단순한 정면이 있는 집이 만들어졌다. 건축주가 원하던 대로 집의 어느 지점으로부터 시작해도 시선이 막힘 없이 자유롭게 뻗어나간다.

아르만도와 아날라 플란차르트 부부에게는 자녀가 없었고 지금은 조카 손주인 카를로스와 카를리나 플란차르트가 이 집의 관리를 맡고 있다. 플란차르트는 카탈로니아식 성씨예요. 어떤 사람들은 프랑스식 성인 줄 알고 플랑차르라고 읽기도 하지만 말이죠. 그녀가 말했다.

신대륙인 남미 사람들은 자신들의 구대륙 혈통, 즉 유럽 혈통을 찾는 데 늘 목마르다. 밖에서 보기에 그들은 대부분 메스티소가 아닐까 싶어도 몇 대 위가 '진짜' 유럽 대륙에서

(위) 주방에서 거실로 이어지는 계단실. 아르만도 레베론과 알레한드로 오테로의 작품들이 보인다.
(아래) 중앙홀에서 뒤뜰로 난 창을 통해 바라본 아빌라 전경.

건너온 이민 1세대였고, 어디서부터 크리오요(식민지인 아메리카 신대륙에서 태어난 유럽 본토 혈통의 백인 유럽인 자손)였는지가 중요하다. 그 시점을 다들 명확히 하고자 한다. 종으로 혈통의 지형을 확장한다면 횡으로는 공통으로 누리는 문화의 지형을 넓혀나간다. 유럽의 문화를 현대 국경 개념만 이해하면 오류에 빠지기 쉬운 것처럼 남미도 문명의 경계가 현대 국경 개념과 일치하지 않는다. 차라리 카리브 문화, 안데스 문화, 아마존 문화 등으로 구분하는 편이 문화권의 원활한 이해를 돕는다.

아르만도 플란차르트 프랭클린Armando Planchart Franklin, 1906~1978은 부모가 각각 19세기 중반 베네수엘라 안조아테기와 과리코 지역으로 이민한 이력을 지녔다. 재미있는 점은, '다양한 기원을 찾을 수 있는 전형적인 베네수엘라 성씨' 목록이 있다는 점인데 플란차르트는 거기에 속하지만 프랭클린은 아니라는 것. 프랭클린가는 아마도 베네수엘라에서 대가족을 이루지 못했거나 밤하늘에 점으로 뿌려져 서로 멀리 떨어진 반짝이는 별처럼 베네수엘라 전역에 띄엄띄엄 존재할지도 모른다. 아르만도 플란차르트의 모계인 프랭클린은 19세기 트리니다드에서 베네수엘라로 건너가 과리코주에 정착한 것으로 알려져 있다.

아르만도 플란차르트가 태어났을 때 플란차르트 프랭클린가는 카라카스의 역사적 중심지에 살고 있었다.

당시 로페스광장이라고 불리는 곳이었다 하는데 오늘날에는 대성당과 칸델라리아 교구 사이의 경계 지역으로 소위 구시가지라고 불리는 곳이다. 역사가 에르난데스 론의 표현이 20세기 전반 카라카스 유력 가문의 운명을 압축적으로 보여준다. 그들은 "나중에 정치적 혼란과 경제 발전의 불안정한 조건으로 인해 쇠퇴로 이어진 부유함을 알고 있던 가족"이었다는 것이다. 1935년 후안 고메스 대통령이 서거하기까지 베네수엘라는 그의 철권 통치 아래 있었다. 근대화에 박차를 가하는 시기였고, 농업 경제에서 광업 경제로 도약하는 데 도움이 될 외국 기업을 끌어들여 지나친 양보로 보일 수많은 각서와 함께 석유 개발을 이행했다. 전형적인 카우디이스모의 시절이었다. 카우디요는 스페인어로 지도자를 의미하는데 현대에 이르러서는 독재자를 가리키는 일반적인 호칭이다. 남미에서 민주주의 체제가 더디게 뿌리내리는 이유로 흔히들 이 카우디요, 즉 권위주의적 통치자에게 정당성을 부여해온 깊은 역사를 들기도 한다. 카우디요란 본래 정치 지도자가 아니라 군사 지도자를 의미하는 말로 19세기 초 스페인으로부터 독립을 시도하던 라틴아메리카 각 지방의 지도자들을 지칭하던 말이었다. 그리고 이는 스페인의 국토 수복 운동인 레콩키스타에서 지방 군사 세력이 차지하던 역할이 라틴아메리카에 영향을 미친 것으로 보인다. 이 말이 독재자와 동의어가 된 이유는, 독립운동의 지도자들이 정작 독립 이후 질서유지와 통합 발전 모델 등을 이유로 독재자로 변모했기 때문이다. 은행에서 사회생활을 시작했던 아르만도 플란차르트는 1920년대 베네수엘라에 석유 개발을 기반으로 경제 붐이 일던 바로 이 시기 미국에서 캐딜락, 포드, 쉐보레 등 자동차를 수입하여 판매하는 일에 뛰어들었다.

그리고 그가 결혼한 이가 아나 루이사 벨렌 브라운 케르델Ana Luisa Belén Braun Kerdel, 1911~2005이었다. 나중에 아날라 플란차르트가 된. 독일 혈통이자 부계로 함부르크 출신인 아나 브라운 케르델은 지금의 미라플로레스 대통령궁 근처에 살았다고 한다. 예술과 건축, 조경에 조예가 깊었고 특별한 난초 사랑으로 정평이 났다고. 고메스가 서거한 연도에 결혼한 둘은, 후임 로페스 대통령으로부터 이후로 이어지는 개방적 사회 분위기 속에서 베네수엘라 자동차 사업으로 호황을 누리면서 근대적 감각을 반영한 생활 방식과 공간 해석에 관심을 두게 된다. 그런 맥락에서 1928년부터 1941년까지, 그리고 1948년에서 1976년 사이에 지오 폰티가 창간하고 감독한 『도무스』 잡지의 열렬한 독자가 된 것이다. 『도무스』를 통해 그들의 취향은 진화에 진화를 거듭했다. 그들은 세계를 여행했고, 카라케냐 부르주아지가 서로 앞다투어 구매하기 시작한, 수도가 훤히 내려다보이는 언덕 위의 완벽한 토지를 발견하고 바로 자신들의 주택지로 삼았고, 폰티를 찾아갔다.

"우리는 『도무스』에 나오는 모든 것이 마음에 들었고 폰티가 그 잡지의 총책임자였기 때문에 그를 만나러 갔습니다." 아날라는 카라카스 다큐멘터리 영화 학교에 필름으로 보존된 인터뷰에서 말한다. 수년에 걸친, 7백 편에 이르는 방대한 서신은 깊은 우정이 된 이 드문 협력 사례에 대한 기록이다.

"나는 내 산을 볼 수 있는, 트인 집을 원합니다"라고 아날라는 편지에서 카라카스의 산인 아빌라를 언급한다. "내" 산이라니! 얼마나 오만한 표현인가! 그러나 산 로만 언덕에서 바라보는 아빌라의 모습은 그런 말이 나올 만도 한 것이다. 어떤 고양감에 젖는 것. 아르만도는 "나는 난초 컬렉션을 가지고 있고 그것을 집안에 두고 싶습니다"라고 썼다. 난초를 본 적이 없는 건축가는 난초가 어떻게 생겼는지 물었고, 이는 카라카스를 비롯한 라틴아메리카 여러 지역의 탐험으로 그를 이끌었다. 그 밖에도 그는 『도무스』에 실린 오스카 니마이어와 카를로스 라울 비야누에바와 같은 예술가와 건축가로부터 영감을 받아 라틴아메리카를 광범위하게 여행한다. 전례 없는 부의 유입으로 리우데자네이루, 부에노스아이레스, 멕시코시티와 같은 라틴아메리카 수도들에서는 급성장하는 현대성에 보조를 맞추려는 수많은 도시 건축적 시도가 있던 시기였다.

당신의 집은 산비탈에 앉은 큰 나비와 같을 것입니다.

(위) 1층 공용 공간과 2층 가족의 생활 공간을 연결하는 계단실.
(아래) 엘 세리토 내부에서 바라본 현관. 캔틸레버 방식의 조형물을 나룻배 모양의 우물이 떠받치고 있다.

지오 폰티는 플란차르트 부부에게 보낸 편지에서 이렇게 썼다. 마리포사, 한 마리의 나비로 불릴 이 빌라가 완성되어 건축주에게 전달된 것은 1957년 말의 일이었다. 빌라의 전체적인 모습이 나비를 연상시키기도 하거니와 주차 공간을 할애한 캔틸레버 방식으로 구현된 현관의 모습이 또한 한 마리의 나비와도 같다. 핀란드 건축가 알바 알토가 건물뿐 아니라 그 공간을 채울 물건 일체를 제작하는 데 관심을 가졌던 것처럼, 폰티 또한 빌라를 장식할 가구와 조명, 세라믹 시리즈를 디자인하기 위해 여러 예술가와 협업했다. 예를 들면, 이탈리아 화가 조르조 모란디나 세라믹을 광범위하게 다루던 조각가 로마노 루이, 베네수엘라 화가 아르만도 레베론이 소환되었다. 폰티가 지정한 바로 그 장소에 지금도 저 예술가들의 원본 작품들이 걸려 있다. 이 집은 기자이자 작가인 보리스 이자구이레의 소설 『비야 디아만테 Villa Diamante』에 영감을 제공하기도 했다.

폰티는 "가벼움의 표현"을 찾고 있었다고 해요. 개방형 내부 안뜰은 폼페이에서 팔라디오에 이르기까지 라틴 가옥의 고전 및 지중해 전통의 유산을 어떻게 재현할까 고민했다고 하고요. 카롤리나는 말을 이었다. 아카펠라 합창단의 리허설이 계속되고 있었다. 공연은 그날 저녁 6시 예정이었다. 나는 한 달 전엔 여기서 열린 쇼팽 피아노곡

연주회에, 두 달 전엔 독일 가곡을 부르는 성악가의 음악회에 왔었다. 높은 천장 전면부에는 헤수스 소토의 키네틱아트 작품이 걸려 흔들렸다.

지금은 공간 구석구석을 찬찬히 뜯어본다. 폰티가 카시나, 싱어 앤 선스 및 알타미라 등의 회사와 함께 디자인한 소파, 의자, 선반 등이 모두 원래 의도대로 정확한 위치에 그대로다. 입구의 높은 천장엔 1955년에 디자인한 알렉산더 칼더의 모빌이 흔들리고 오른쪽으로 놀라운 장치가 숨어 있는 서재가 있다. 안뜰은 하늘을 향해 열려 있다. 이 안뜰을, 웅장한 장식 패널을 배경으로 한 계단실과 탁 트인 거실, 열대 식당이 감싸고 있다. 천장의 노란색과 흰색 줄무늬 패턴, 보기 드물게 다양한 색상의 대리석 조각들이 어우러진 바닥이 방의 공간을 가로지르며 원근감을 준다. 한 공간을 지나 다른 공간으로 들어서면 새로운 광경이 깨어난다. 개폐가 가능한 벽을 중심으로 거실과 대칭을 이루는 공간은 예술 작품실이고 거기에는 무라노 글라스 조명과 조르조 모란디의 회화 작품, 파우스토 멜로티의 금속 공예품 등과 함께 열었다 닫았다 할 수 있는 벽 패널, 그리고 아빌라가 훤히 내다보이는 높은 창이 있다. 좁은 계단으로 내려가면 게임 룸이다. 미네랄, 즉 진기한 암석 샘플들이 형형색색 빛을 내며 진열되어 있다.

폰티의 창의성은 전통을 현대성 개념 안에서

풀어내면서 장난기를 촉매로 사용하는 데에 있다. 착시 현상을 일으키는 천장 패턴은 의외의 방향으로 열리는 벽 상층부 쪽창으로 이어지면서 공간의 환상성을 배가한다. “스마트하게 살기”가 그의 캐치프레이즈였던 만큼 (그리고 무엇보다 그는 ‘기능’을 중시하는 미드센추리 모던의 사람이었으니) 하이브리드적 기능성을 늘 최우선에 두었고 생활 방식을 ‘재미’의 극대화로 풀어내며 집 곳곳을 설계했다. 폰티 자신이 이 모든 고안의 끝은 가구라고 말한 만큼, 가구는 벽이나 천장, 창과 동급의 중요성을 지닌다. 스위치를 누르면 책꽂이가 뒤집히며 사냥 트로피가 나타나는 서재에 앉아 카롤리나가 말을 이었다.

1952년에 말이에요. 루카노 아파트 작업을 할 때 폰티는 포르나세티와 협업했어요. 직후에 이 집을 디자인했으니 그 영향을 받았다고 할 수 있어요. 놀라움을 주는 일련의 가구들, 움직이는 벽, 공간에 연속성을 부여한다는 원칙이 그것이었어요. 거기에 더해진 것이 아날라가 수집한 난초와 아빌라 풍경이 기본이 되는 트로피컬 판타지였지요. 비슷한 시기에 그가 작업한 빌라가 카라카스에 또 있었어요. 평지의 골프장 주변에 조성된 컨트리클럽 쿼터에 있던 비야 아레아사인데 1990년에 철거되었고 지금은 없지요. 폰티의 대표작으로 평가되는 밀라노 피렐리 빌딩도 비슷한 시기의 것이에요. 이탈리아나 베네수엘라나 모두 경제의 급속한 발전을 등에 업고 ‘모던’을 구현해낸 것이었죠. 모던 미학의

주방 공간을 가득 채우는 노란빛과 희고 노란 줄무늬가 교차되는 천장.

헤수스 소토의 작품이 설치된 중앙홀과 분수가 있는 중정을 지나쳐 1층의 가장 안쪽 공간에 마련한 예술 작품실. 접이식 커튼으로 공간을 임시 분리할 수 있다.

입구 천장의 알렉산더 칼더의 모빌.

대중화, 그가 이룬 것의 총체적 평가는 그것이 아니겠나 싶어요.

시간이 지나면서 빌라가 이런 상징성을 지닌 존재가 될 줄은 플란차르트 부부도, 폰티도 미처 알 수 없었을 것이다. 노동과 의무의 세계를 초월해 속도와 유용성 이면에서 취향이라는 자기실현의 문제에 천착한 결과가 온전히 이 주택 한 채에 구현되었다. 카롤리나는 좀더 현실적인 이야기로 공간에 대한 설명을 마무리지었다.

비야 아레아사가 '다이아몬드의 집'이라는 이름을 갖고 아빌라 발치에 반짝이는 보석으로 존재감을 과시했으나 오늘날엔 남아 있지 않다고 말했죠? 이 '언덕 위 나비의 집'이 그와 달리 존속할 수 있었던 건 아날라&아르만도 플란차르트 재단의 존재 때문이에요. '개방'이죠(물론 일차적으로 이 재단의 존재 목적은 부부의 재산 보호에 있었겠죠). 플란차르트 부부의 취향, 즉 난초를 수집하고 다양한 열대식물들을 채집해 이식하고 암석들을 선택해 진열하고 조류를 실내외에 걸쳐 기르고 살았던 그들의 생활 방식이 오늘날 베네수엘라의 식물, 광물, 동물군에 대한 이해를 돕기에 좋은 예가 되었던 겁니다. 우리 땅에 대한 자부심을 불러일으킨다는 것, 그것으로 국가 권력을 설득한 면이 있다는 것이죠. 자연과학뿐 아니라 예술 교육에도 이 재단의 '개방' 사업이 미치는 영향이 적다고는 할 수 없을 것입니다.

밖에서 바라본 빌라 전경.

합창단장이 카롤리나를 손짓해 부른다. 약속된 시간이 약간 지났다. 나는 즉시 자리를 떠나는 대신 그녀가 합창단장과 이야기를 나눌 동안 예술의 방으로 가서 모란디 그림을 잠깐 보겠다고 양해를 구했다. 각각 다른 크기의 세 개의 창 너머로 웅장한 아빌라의 파편과 야자수의 꼭대기, 그 밑동이 담기고, 그 세 개의 창이 모이는 곳에 자그마한 모란디의 정물화가 걸려 있다. 볼로냐의 자기 아파트에서 실험 물체처럼 모양 다른 병들을 이리저리 옮겨가며 오로지 정물만을 그린 화가. 모란디는 시간을 초월하는 방법으로서의 정물화를 말한다. 그는 고요 속에서 부동의 오브제에 내재한 영원을 체험했던 것이다. 온 세계를 돌고 돌아 폰티와 플란차르트 부부가 찾은 평화의 종착역이 어쩐지 모란디의 그림과 같지 않은가. 이때 이 언덕 위의 집이 지니는 환상성이 극대화되는 느낌이었다. 그런데 이 환상성의 일부를 이루고 있는 것은 이 빌라가 세워진 1950년대의 베네수엘라와는 너무도 다른, 장기 경제 위기로 인해 수백만의 사람들이 나라를 탈출했고 지금도 탈출하고 있는 오늘날의 베네수엘라의 현실이라는 생각이 들었다.

3. 착시, 혹은 찰나의 진실

1918년 유전 발견으로 베네수엘라의 국부는 급격한 상승곡선을 그리기 시작했다. 베네수엘라는 원유매장량 세계 1위 국가로 석유수출국기구OPEC 창립 멤버다. 러시아를 떠나 프랑스로 간 19세기 말의 샤갈이 유럽의 인상주의에 매료되었던 것처럼, 오일 머니를 기반으로 한 문화 예술에 대한 관심과 지원에 힘입어 파리로 간 20세기 중반의 베네수엘라 예술가들이 주목한 것은 몬드리안식 분할이었다. 여기 헤수스 라파엘 소토와 카를로스 크루스디에스, 알레한드로 오테로가 있다.

카라카스에 집을 가진 사람들이 대부분 한 점씩 가지고 있거나 갖고 싶어하는 그림이 카라카스를 둘러싼 위대한 어머니 같은 아빌라산 그림이라고 이야기한 바 있다. 거실 소파 위나 식탁 곁에 아빌라 그림이 있다면 테이블 위의 조각 혹은 공공기관의 천장이나 벽, 바닥 장식을 도맡는 것은 키네틱아트다. 한때 카라카스시 당국이 정책적으로 의무화하고 장려하며 공공예술품 설치가 매우 활발했고, 공적 공간의 장식성에 대한 논의가 뜨거웠다.

키네틱은 물리학 용어로 '운동하는, 움직이는, 동적인'이란 뜻으로, 키네틱아트는 자연스럽게 '움직이는 예술'이 된다. 1950년대 후반부터 활발해진 표현 양식인데 작품 그 자체가 움직이거나 작품 속에 움직이는 부분이 있다. 움직임을 효과적으로 표현하기 위해 수많은 조각이 모여 전체를 표현하는 경우가 많다. 1961년에 스톡홀름 근대미술관에서 개최된 '운동과 예술' 전시회가 최초의 대규모 국제전으로서, 칼더의 모빌처럼 바람이나 터치 등으로 물체가 움직이는 작품뿐 아니라 빛의 변화 등을 나타내는 작품도 있는데 헤수스 소토의 작품들이 대표적이다. 더욱 순수한 움직임에 대한 욕망, 순간을 포착하려는 열망 등이 그의 작품에 드러난다. (한편, 옵티컬아트는 시각적인 예술을 뜻하며 특히 착시錯視에 의해 시각적 효과가 나타나는 작품을 가리키는데, 이 때문에 키네틱아트와도 연결된다. 옵티컬아트에 집중한 예술가들로는 바사렐리, 아감 등이 있는데, 미국식 팝아트의 상업주의나 현대미술의 지나친 상징성, 관념성에 대한 반발로 순수한 시각적 효과에 집중했으나 점차 장식적 효과에 치중하게 되면서 미술계 주류로부터 빠르게 이탈했다.) 1970년대에 들어오면서 키네틱아트는 급속히 쇠퇴한다. 미술계의 관심이 1960년대 빛, 움직임, 소리 등과 같은 요소를 활용한 키네틱아트의 방법론에서 물, 안개, 연기, 불, 생물적 요소를 포함하는 생태학적 방법론으로 옮겨가기 시작했고, 미디어의 범주가 확대되어 비디오아트 등 새로운 시도들이 이어졌기 때문이다.

그러나 전 세계적으로 철 지난 것으로 여겨지는

키네틱아트와 옵티컬아트가 베네수엘라에서만큼은 여전히 현재진행형이다. 그것이 유럽이 주도하는 문화예술계의 중심에서 활발하게 활동한 시절에 대한 향수, 즉 1950~1970년대에 대한 향수로 읽힐 때는 서글퍼지는 측면이 있다. 그러나 공공예술로서 옵티컬아트, 키네틱아트가 베네수엘라 사회에 미친 영향을 평가하기 위해서 좀더 용감하게 이 문제를 들여다볼 필요가 있다.

하루는 딸아이가 시내를 관통하는 아우토피스타를 기준으로 우리집 건너편에 사는 친구 집에서 자고 온다고 하여 데려다주고 오는 길이었다. 낮에는 한두 번 가본 동네였지만 늦은 밤이 되니 영 낯설었는데 설상가상으로 일방통행로에 자꾸만 걸려 여러 번 옆길로 빠지다보니 방향감각이 희미해졌다. 머리는 지금이라도 유턴해야 한다고 부추기고 손과 발은 그렇게 할 수 없다고 우겨대는 통에 극도의 피로감이 몰려올 무렵 왼쪽으로 납작한 원 하나가 보이기 시작했다. 노란색이었는데 차가 앞으로 나아갈수록 그 물체는 점점 입체감을 지닌 온전한 구로 변했고 빛깔 또한 충만함으로 가득찬 붉은빛으로 변했다. 다시 멀어지자 노랗고 편평한 원으로 변해가던 무수히 많은 알루미늄 파이프 조각들은 헤수스 소토의 키네틱아트 작품 〈구〉다. 세부칸 아래 동네 드넓은 대지에 펼쳐진 파르케델에스테의 일부를 차지하는 둥근 해다.

(위) 헤수스 라파엘 소토, 〈구〉, 1988.
(아래) 헤수스 라파엘 소토, *Penetrable*.

헤수스 라파엘 소토Jesus Rafael Soto, 1923~2005는 1923년 베네수엘라의 시우다드볼리바르에서 태어났다. 1942년부터 1947년까지 카라카스조형예술학교에서 공부하고 1947년부터 1950년까지 마라카이보미술학교에서 가르쳤다. 이후 파리에 작업실을 마련하고 베네수엘라와 프랑스를 오가며 작업했다. 후기 인상주의의 세례를 받았다가 파리 시기에 몬드리안의 영향을 받은 이후로 시각적 현상에 집중해 옵티컬아트와 키네틱아트를 실험해나갔다. 그가 표현하는 '흔들리며 어른거리는 것'의 원형은 그가 태어나고 자란 시우다드 볼리바르의 물빛이다. 잡을 수 없는 순간의 진실, 혹은 존재의 한계에 대한 성찰이랄까. 그가 선사하는 빛의 변화는 그래서 순수한 색의 연구이면서도 특이하게 사색적이다.

그는 1960년대 후반부터 관람객이 작품 안으로 들어가 그 작품을 관통해 지나갈 수 있는 *Penetrable* 작업에 공을 들였다. 부드럽게 움직이는 끈들을 위로부터 아래로 길게 늘어뜨리고 그 끈들 사이를 관람객이 걸어들어갈 수 있게 한 것. 관람객은 통과하면서 자신이 작품의 부분이 된 듯한 경험에 빠져들고, 늘어뜨린 줄 사이의 공간이 몸의 이동에 따라 계속해서 변하는 것을 목격한다.

1988년 6월 헤수스 소토는 서울을 방문했다. '국제 야외 조각 심포지엄'에 참가하기 위해서인데, 이는 세계적인 현대 조각가들을 초청해 서울올림픽을 주제로 대형 작품을 제작하도록 한 행사였다. 소토가 제출한 작품은 〈가상의 구〉. 3,200개의 알루미늄 파이프를 조합해 태극무늬를 연상케 하는 구 형태로 만들었는데 가로와 세로가 각각 9.6미터에 이르는 대형 조형물이다. 지금도 올림픽공원에 가면 헤수스 소토의 움직이는 공을 만날 수 있다.

카라카스의 주요 건축물에는 거의 예외 없이 그의 작품들이 설치되어 있다. 전국구 음악 교육 프로그램 엘 시스테마의 전용 공연 공간인 국립 음악 사회활동 센터의 입구에도, 국립극장인 테레사 카레뇨 극장 전면 오픈 공간에도 그의 작업이 흔들리는 머릿결처럼 걸려 있다.

그런가 하면 지난 2019년 세상을 떠난 카를로스 크루스디에스Carlos Cruz-Diez, 1923~2019의 작품 중 오늘날까지 가장 많은 사람들 가운데 언급되고, 특히 베네수엘라 사람의 가슴에 비수로 꽂히는 것은 카라카스 시몬 볼리바르 국제공항의 벽과 바닥 장식일 것이다. 네온 톤의 빨간색, 파란색, 초록색, 검정색 띠가 공항 출국장 바닥을 계속 따라간다. 그 바닥 띠들은 이윽고 운동을 마감하는 듯 벽에 이르러 머뭇거리더니 가파르게 상승했다가 순식간에 마치 살토앙헬에서 미네랄을 가득 머금은 중수가 인적을 모두 삼키고 아래로 떨어져 산산이 부서지듯 수직으로 하강한다. 카라카스 탈출의 주인공들은 예외 없이 크루스디에스가 구현한 네 가지 띠의 소란을 배경으로 기약 없는 이별의

엘 시스테마 전용 공연장을 장식하고 있는 헤수스 소토의 작품.

순간을 사진에 담는다. 소셜미디어에는 수년째 이 사진의 릴레이가 계속되고 있다.

크루스디에스는 소토와 통하는 면이 있으면서도 빛에 대한 다른 해석과 표현을 보여준다. '붉은 납'으로 알려졌던 크롬을 일부 재료로 사용하고 있어 위험스러우면서도 매혹적인 빛을 발하고 있다. 그의 작업은 광학과 물리학의 원리에 더욱 충실한 듯 보이기도 한다. 반면, 소토의 어른거리는 선들은 기하학적이되 서정적이며, 치밀한 사유로 구축된 정신적 미술이다. 그렇지만 현실의 불안정성에 대한 인식을 기반으로 하고 있다는 점에서 이들 작업의 공통점을 찾을 수 있을 것이다.

크루스디에스는 어린 시절 석양이 온 세상을 물들이는 광경에 매료된 적이 있다. 이후 그는 예술가로서 색 자체의 아름다움을 표현하는 데 집중한다. 1955년 처음 유럽으로 향했고, 바르셀로나에 머물며 파리를 오가다 바사렐리 등의 예술운동에 뜻을 같이했다. 모든 게 이미 자리잡은 파리보다 새로운 가능성이 많은 카라카스로 복귀했지만, 고향에서의 몰이해 때문에(선지자도 고향에서는 배척당한다 했으니) 결국 다시 파리에 자리를 잡게 되었다. 96세의 나이로 사망할 때까지 평생 색을 탐구했고, 뉴욕현대미술관과 런던 테이트 모던, 파리 퐁피두 센터 등이 그의 작품을 소장하고 있다. 그의 예술은 '색이란 무엇인가'라는 질문에 뿌리를 둔다. 색의 간섭이란 예를 들면 이런 것이다. 첫눈에는 각각 다른 몇 가지 색이 따로 보이지만 일정 면적의 색 띠를 계속 보면 전혀 다른 색이 눈에 남는다. 크루스디에스는 1963년 파란색 선 위에 검은색 선을 겹치면 보색인 노란색이 보인다는 것을 알게 된다. 보색의 잔상 원리를 이용한 이 작품들로 '입체'를 구성한다. 초록, 빨강, 파랑 계열의 색에 검은 선을 더해 보라색을 출력한다. 실제 존재하지 않는 색이 눈앞에 나타난다는 점에서 신적 창조가 이루어진다. 그는 철저한 계산 아래 판화를 찍듯 작업했다. 계속 '찍어낸' 이유로 다작인 것도 사실이다. 파리와 카라카스, 파나마에 아틀리에를 두고 다작에 속도전을 냈고 이에 대한 비판적인 시각도 존재한다.

시몬 볼리바르 국제공항을 장식한 크루스디에스의 작품.

(위) 엘 시스테마 전용 극장 의자를 장식한 크루스디에스의 디자인.
(아래) 카를로스 크루스디에스, *Physichromie*, 1644.

해외라면 파리 근교 기차역 생캉탱앙이블린의 플랫폼에서, 마드리드 후안 카를로스 공원에서, 그 밖에 마이애미나 휴스턴 등지에서 우리는 그의 색 띠를 만난다. 베네수엘라에서는 열대우림 깊숙한 곳에 있는 구리댐 수력 발전소의 터빈 홀과 벽에서도 만나고, 카라카스의 베네수엘라광장에서는 〈안드레스 베요에 바치는 오마주 벽화〉를 만난다. 칸델라리아 지역의 미술관은 아예 그의 이름을 걸고 문을 연 곳으로 그의 작품들을 상설 전시할 뿐만 아니라 대중에게 예술 교육 기회를 제공하는 다양한 프로그램을 마련하고 있다. 앞서 말한 카라카스의 엘 시스테마 전용 공연장 좌석은 전부 그의 현란한 스트라이프 패브릭을 덧입었다.

베네수엘라의 옵티컬아트, 키네틱아트 삼총사 중 마지막 주자는 알레한드로 오테로Alejandro Otero, 1921~1990다. 소토나 크루스디에스의 작업이 옵티컬아트와 키네틱아트에 집중된 것과 달리 오테로는 보다 다양한 작업 스타일을 지닌다. 그는 평생을 조형예술이 지닌 새로운 가능성을 향해 달렸다. 카라카스의 미술-응용예술 학교에서 공부를 시작했는데 평론가 후안 칼사디야에 따르면 오테로야말로 당대에서 폴 세잔을 가장 잘 이해하고 느낀 화가였다고 한다. 그가 평면 구성에서 색상이 지닌 물질적 특성에 집중하게 된 시기는 1940년대 초로, 이때 그린 자화상에 그런 특성이 잘

드러난다. 그리고 1945년 그는 프랑스 정부와 베네수엘라 교육부 주선으로 파리 유학 장학금의 수혜자가 되어 카라카스를 떠나 피카소의 영향권 아래 놓이게 된다. 파리 체류 경험은 예술의 새로운 조류를 최전선에서 목격한다는 것 외에도 이름난 곳에서 전시 기회를 얻고 평가받을 기회를 가진다는 얘기도 된다. 1950년, 그는 파리에서 활동하는 베네수엘라 예술가들을 규합해 그룹을 형성하고 이들을 중심으로 미술 잡지를 창간한다. 그들이 전한 것은 그들 자신이 목격한 추상주의의 경향이었고 그들이 문제로 삼은 것은 베네수엘라의 조형예술을 관장하고 살롱 및 박물관을 운영하는 예술계 거물들의 반동적 태도였다. 마테오 마나우레, 루벤 누녜스 등이 이에 참여했다.

그리고 드디어 1951년 *Lines of color on the white background*가 시작된다. 이 작업에서 그는 오브제로 자신의 이상을 재현하는 방식과 작별하고 선과 색을 순수하게 표현하는 단계에 입수하게 된다. 그해 그는 베네수엘라로 돌아와 건축가 카를로스 라울 비야누에바가 주도하는 카라카스 대학 도시의 통합 디자인 프로젝트에 참여한다. 베네수엘라중앙대학 공학부의 네 개의 벽화, 약학부의 스테인드글라스 등이 그의 작품이다. 카라카스 곳곳에 세워진 알루미늄 패널로 타워를 쌓은 조형물도 이 시기에 만들어졌고, 1960년 즈음에는 평면 작업도 전통적인 회화 작업에서 벗어나 길고 좁은 판자에 스텐실 기법을 적용해

산업용 페인트를 분사, 압축하는 방식으로 엄격하고 다채로운 기하학적 추상주의를 표방하는 〈컬러 리듬〉 시리즈 제작에 집중한다.

1971년 구겐하임 재단의 지원으로 그는 MIT의 시각 연구 센터에 합류하여 시민 사회의 조각, 또는 설치 예술이 자연 현실(빛, 바람, 날씨)과 가지는 연결성을 연구하여 유리와 스테인리스 스틸로 된 거대한 설치물을 만들었다. 그렇게 빛과 바람의 메아리인 조각품 〈솔라〉 시리즈가 탄생해서 현대 사회에서의 과학과 예술의 관계를 조명했고, 베네수엘라뿐 아니라 콜롬비아 보고타와 이탈리아 밀라노, 미국 워싱턴 D.C. 등에 작품이 설치되었다. 또한 1986년 볼리바르주 구리댐 수력 발전 단지의 민주광장에 솔라르 타워를 설치하기도 했다. 급기야 1987년에는 IBM 연구소에 방문연구원으로 합류해 컴퓨터 디자인의 가능성을 실험하고는 『알레한드로 오테로: 21세기에 보내는 인사 Alejandro Otero: Salute to the 21st Century』를 출판한다. 이는 예술가가 과학자들에게 헌정한 책이라고 할 수 있다. 오테로는 화가 메르세데스 파르도와 결혼하여 네 명의 자녀를 두고 1990년 세상을 떠났다. 이후 설립된 오테로-파르도 재단은 카라카스 서쪽 라린코나다 지역의 히포드로모 인근에 자리잡은 알레한드로 오테로 시각 예술 박물관을 중심으로 기념사업을 이어나가고 있다.

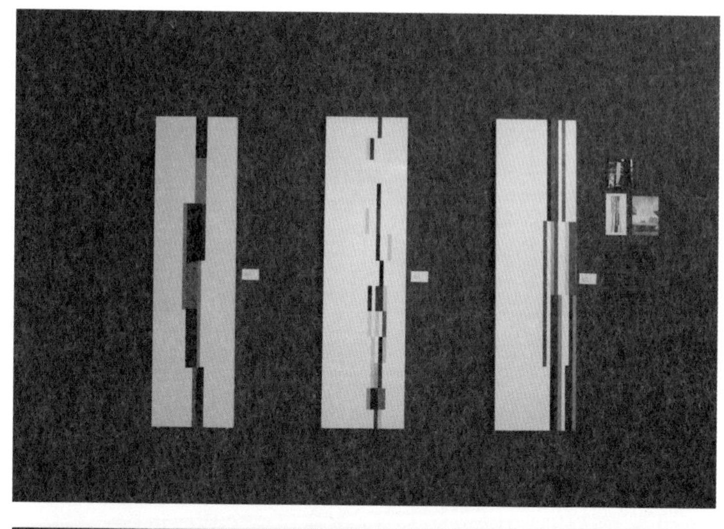

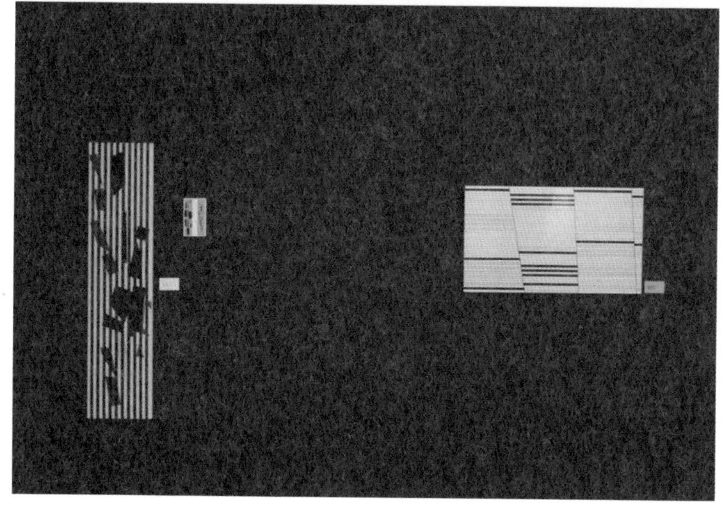

알렉한드로 오테로의 〈컬러 리듬〉 시리즈.

알레한드로 오테로, 〈솔라〉 시리즈.

오랜 세월 베네수엘라에서 망명 생활을 한 이사벨 아옌데의 작품 중 「두 마디 말」이란 단편이 있다. "자식들에게 이름조차 붙여주지 못할 정도로" 가난한 가정에서 태어난 벨리사는 최초의 샘들에서 세상에 '말'이라는 것이 존재한다는 것을 알게 된다. 그녀는 땅처럼 개인의 소유가 아닌 말을 배우고 익혀 말과 이야기를 팔기 시작한다. 그는 포장된 말로 고객들에게 사기를 치지 않기 위해 구매한 사전을 바다에 던져버린다. 말을 팔던 벨리사는 "부질없는 전쟁과 온갖 협잡을 동원해도 승리로 바꾸어놓을 수 없는 패배 속에서 그 저주받은 땅을 돌아다니는 데 지쳐" 있던, 대통령이 되고 싶다는 대령을 만나 그에게 영원불멸의

말로 대중 연설문을 써주고는 비밀스러운 두 마디 말을 추가로 건네는데, 그 비밀스러운 말이란 그것을 건네받은 사람이 독점적으로 사용할 수 있는, 오로지 그만 쓸 수 있는 말이었다. 대령은 이 연설문 덕분에 대중적 인기를 누리지만 이 비밀스러운 말이 주는 책임감 때문에 괴로워한다. 이것은 물론 죽음의 공포를 지닌 채 칠레를 떠나 베네수엘라에서 본격적으로 글쓰기에 돌입했던 아옌데 본인에 빗댄 이야기지만, 나는 소토와 크루스디에스, 오테로라는 베네수엘라 키네틱아트 삼총사가 유럽의 최신 예술운동의 은총을 입고 조국으로 돌아와 지치지 않는 힘으로 토해낸 저 색의 향연이야말로 조국 베네수엘라에 대해 그들이 지녔던 비밀스러운 “두 마디 말”이 아닌가 싶다. 베네수엘라 민중은 저 어른거리는 색의 역동적인 힘을 통해 베네수엘라를 느낀다. 이들은 현실 너머를 꿈꾸는 것으로 오히려 현실을 적극적으로 반영한 셈이다.

4. 먹는다는 것, 그리고 환대한다는 것

루스 마이라 레온의 집에서 아침을 먹는다. 그녀는 아침마다 나와 줌바를 같이하고 아이들도 또래인 발렌시아 출신 친구다. 미국인을 만나 결혼해 덴버에서 살다가 일 때문에 한시적으로 카라카스에서 지내고 있다. 여러 음식을 한 그릇에 담아 먹는 서구식 아침식사 형식으로 미국식(소시지나 베이컨, 달걀을 빵과 함께 먹는다), 유럽 대륙식(구운 빵에 치즈나 햄 등 콜드 컷을 잼류와 함께 곁들인다), 영국식(베이컨, 베이크드 빈, 달걀, 블랙 푸딩, 해시 브라운, 버섯, 토마토 등을 토스트와 함께 낸다)이 있듯이 베네수엘라에도 베네수엘라인들이 즐겨 먹는 전형적인 아침식사 형식, 파베욘 크리오요가 있다. 치마양지에 해당하는 쇠고기 부위 팔다를 향신채와 함께 토마토소스에 넣고 푹 끓인 후 결대로 찢어 카르네 메차다를 만들고, 검은콩 카라오타를 걸쭉하게 삶고, 조리용 바나나 플라타노 슬라이스를 노릇노릇하게 굽고, 흰쌀을 찐 다음 준비된 음식들을 접시에 돌려 담는다.

발렌시아는 친척들도 살고 친구들도 살아서 종종 그립긴 해도 날씨만큼은 정말 하나도 그립지 않아. 열정적이고 너그러운 큰 눈을 위로 치켜떴다가 장난스럽게 깜빡거리며 마이라가 말한다. 발렌시아는 베네수엘라 중북부 카라보보주의 주도로 카라카스와 마라카이보다음으로 인구 규모가 크다. 덥고 습한 발렌시아에 비하면 연중 온화한 기온과 뽀송뽀송한 습도를 유지하는 카라카스의 기후는 더할 나위 없는 축복이다. 마이라는 동그랗고 납작한, 둘레에 턱 하나 없이 편평한 팬 하나를 꺼낸다. 부다레야. 할머니가 쓰시던 걸 달래서 미국까지 가져갔다가 다시 여기로 끌고 왔어. 아레파는 꼭 여기에 구워야 하니까. 테팔 프라이팬 같은 걸 이용하면 그건 아레파가 아니란 말이지. 물론 끓는 기름에 푹 담가 튀겨내는 아레파를 좋아하는 사람들도 있다지만 내겐 할머니의 부다레에 굽는 아레파가 진짜지. 마이라는 어렵게 구한 옥수숫가루인 아리나 판으로 슬슬 반죽을 시작한다. 팬케이크처럼 동그랗게 빚어 앞뒤로 노릇노릇 구우면 아레파가 완성된다. 오늘처럼 다른 요리에 곁들일 때는 그냥 먹지만 단품으로 간단히 식사할 때는, 반으로 갈라 염소젖 치즈나 생선살, 닭고기 등으로 속을 채워 샌드위치로 먹기도 한다. 마이라는 레초사(파파야), 멜론, 망고를 잘라 접시에 수북하게 쌓아놓고도 또 주스를 권한다. 점심까지 먹어야 할 판이다. 과나바나에 과야바(구아바), 파르치타 같은 과일들이 주로 주스 재료다. 스페인식 스페인어와 남미식 스페인어의 차이점은 한둘이 아니다. 단어가 아예 다른 것도 많아서 같은 과일 하나 놓고도 남미 각국의 이름이 각양각색이다. 베네수엘라에서는 수박을 파티야라고 부르지만 쿠바에서는 멜론 데 아구아라 하고, 베네수엘라에서는 패션프루트를 파르치타라고 부르지만

파베욘 크리오요와 구운 아레파.

콜롬비아에서는 마라쿠야라고 한다.

스페인 발렌시아 지방에 파에야가 있다면 베네수엘라에는 파에야 외에 아소파도가 있다. 본래 시작된 곳은 푸에르토리코라 하지만 카리브해 연안 국가들에선 대부분 즐겨 먹는다. 파에야가 재료에 육수를 부어 바싹 졸이는 쌀 요리라면 아소파도는 국물이 자작하게 먹는 요리다. 국물 요리에 탄수화물을 곁들이고 싶은데 아레파와는 달리 바삭한 식감으로 가볍게 식사하고 싶다면 카사베를 준비하면 된다. 카사바라는 남아메리카가 원산지인 다년성 작물이 있다. 고구마와 비슷하게 생겼고 껍질은 갈색, 속은 하얀색이다. 칼슘과 비타민 C가 풍부하게 들어 있는 덩이뿌리인데 독성 물질이 함유되어 있으므로 음식으로 섭취하기 전에 충분한 독 제거 과정이 필수적이다. 척박한 환경에서도 경작이 쉽고 열량이 높아 구황작물로 적합하면서도 글루텐 성분이 없고 점성이 있어 쫄깃한 식감을 느낄 수 있다. 버블티에 들어 있는 타피오카 펄이 카사바 녹말로 만든 것이다. 이 카사바 녹말로 만든 바삭한 칩을 카사베라고 한다.

집에서 테케뇨를 좀 만들었다. 손님 대접용 애피타이저로 제격이다. 맥주 안주가 되기도 한다. 테케뇨는 밀가루 반죽에 치즈를 넣고 말아 손가락 크기의 원통 모양으로 만들어 튀겨낸 치즈 스틱인데, 굳이 순위를 매기자면 베네수엘라 1등 간식이 아닐까 한다. 과카몰레, 꿀, 토마토소스 등과 곁들여

먹기도 하지만 치즈가 짭짜름하니 그냥 먹어도 좋다.

마침 크리스탈이 찾아왔다. 심심한 흰 생치즈를 넣고 만들었으니 꿀을 곁들여냈다. 크리스탈이 추억을 풀어놓는다. 전에 학교 다닐 때 말이야, 이걸 거의 매일 먹었어. 뭐 강의 중간에 쉬는 시간도 빡빡하고 주머니 사정도 넉넉지 않으니 학교 매점에서 고를 수 있는 점심 메뉴라야 별것 없잖아. 그래서 노상 먹는 게 테케뇨하고 말틴이야. 말틴은 보리의 엿기름인 맥아로 만든 무알콜 음료로 베네수엘라 대표 맥주 솔라르 제조를 기반으로 식음료 가공 업체로 성장한 폴라르사에서 만든다. 폴라르사는 베네수엘라의 유력 가문 중 하나인 멘도사 가문 소유다. 로스테케스에서 유래해서 테케뇨라는 이름이 붙었다는 말도 있지. 보통 테케뇨는 그저 손가락 하나 크기잖아. 그런데 학교 안에서 파는 테케뇨는 손 하나만하거든. 하나로도 배가 차야 하니까. 그래서 뭐랄까. 학창 시절의 상징 같은 게 되어버린 거야, 테케뇨와 말틴!

카라카스 서부 역사 지구인 칸델라리아에는 베네수엘라의 과거를 거울처럼 비추는 주요 장소들이 즐비하지만 카라카스종교박물관은 방문 목적에 다른 의도가 따라붙는다. 이 박물관 중정 코너에 작은 식당이 있는데 단출한 한 그릇 요리 위주로 매달 메뉴가 바뀌기 때문에 그 잿밥에 대한 유혹이 더해져 이 종교박물관을 찾는 것이다. 그 호기심에

아소파도와 테케뇨.

특별히 잿밥이라는 꼬리표를 다는 이유는 인상적인 메뉴가 하필이면 아사도 네그로asado negro 혹은 아사도 만투아노였기 때문이다. 중정에 아직도 많은 비석이 남아 있고 베네수엘라 가톨릭의 역사를 제시하는 성스러운 장소에서 검은negro 고기를 탐하는 자라니. 아사도 네그로는 소의 후두부 실린더 모양의 고기 홍두깨살(모양 때문에 베네수엘라에서는 무차초 레돈도muchacho redondo라고도 부른다. 무차초는 젊은 남자, 레돈도는 둥글다는 뜻이다)에 당근, 양파, 파프리카 등의 채소와 각종 향신료, 와인 또는 럼, 그리고 페이스트 형태로 삶아 굳힌 사탕수수 당밀인 파펠론을 함께 넣고 은근한 불에 오래 익힌 음식이다. 짙은 색조를 띠고 달콤한 맛을 내며 식민지 시대 카라카스에서 탄생했는데, 스페인

아사도 네그로.

정복자들의 후손인 백인 귀족들에게 17세기 후반부터 붙여진 이름인 만투아노를 붙여 품격을 자랑하기도 하고 소스의 짙은 색조를 강조하는 의미로 네그로를 붙이기도 한다. 파펠론은 물에 희석하고 레몬을 첨가해 음료 파펠론 콘 리몬으로 마시기도 한다.

카라카스에서 음식 준비로 거의 모든 가정이 분주해지는 때는 아무래도 크리스마스다. 보르헤스가 하버드대 방문 교수 시절 "미국인들은 많은 장점을 가지고 있음에도 고독을 향해 가는 희생자들"이라고 말하면서 "중남미인들이 가지고 있는 장점 중 하나가 사람들과 쉽게 어울리는 것"이라고 말한 것처럼, 모이기를 즐기는 것은 중남미인들의 특성이라 할 만하다. 또 거기엔 음식이 빠질 리 없다. 이 달뜨는 분위기는 새해 첫날까지 계속되는데 그 중심에는 아야카가 있다. 고급 호텔부터 동네 구멍가게까지 이 시기 아야카를 내놓지 않는 식당은 없다. 그러나 아야카만은 가정식이 최고다. 그런 이유로 손맛 좋다고 소문난 여염집에는 몇 달 전부터 아름아름 주문이 쇄도한다. 보통 12월 초부터 나눔이 시작되기 때문에, 미리 준비해두는 것이다. 아야카는 베네수엘라 크리스마스의 상징이라 해도 과언이 아닌데, 가정마다 장맛 다르고 김치 담그는 방법 다르듯, 아야카에 들어가는 재료도 다양하고 맛 내기 비법 또한 제각각일 테지만 대략 옥수숫가루 반죽에 쇠고기, 돼지고기, 올리브, 파프리카, 치즈, 과일 등으로 속을 채운 다음 바나나잎에 싸서 찌는 요리라 말할 수 있다. 바나나잎에서 은근한 향이 묻어나와 묘한 풍미가 있다. 바나나잎은 포장재가 되기도 하고 펼치면 그릇 역할도 한다. 다른 남미 여러 나라와 마찬가지로 스페인의 영향을 많이 받은 베네수엘라지만 이 연말연시 음식만은 온전히 베네수엘라의 것이다. 스페인에서는 같은 시기 돼지고기를 통째로 구운 아사도나 칠면조 구이 등을 먹는다. 그 옛날 스페인 사람들이 아프리카에서 노예들을 데리고 와 이 땅을 개간하고 농장을 일구었다. 그들은 인디오들과 섞여 일했다. 유럽인들은 본토에서와 마찬가지로 송아지, 돼지, 가금류 등을 통으로 구워 먹기를 즐겼는데, 그 남은 고기 조각들을 받아들은 검은 노예들은 현지 인디오들이 요리도구 혹은 그릇으로

카라카스종교박물관.

사용하던 바나나잎에 주목했다. 인디오들의 주요 양식인 옥수수도 한몫해 옥수숫가루 반죽도 요리 재료로 더해졌다. 유럽과 아프리카와 남미의 성정이 하나의 풍경으로 자리잡은 현장이다. 명절에 둘러앉아 커다란 이파리를 벗겨 누이며 아야카를 먹다보면 이들은 그 아득한 옛날 어떤 이별과 만남의 순간, 서러움과 그리움의 얼굴을 마주하게 되는지도 모른다. 할머니와 어머니 조리법대로 만드는 아야카를 입에 넣을 수 없다는 사실이 경제난을 가장 실감나게 만든다는 베네수엘라 사람들의 한탄을 듣다보면 더욱 대단해 보이는 음식, 아야카다. 베네수엘라는 이웃 국가인 콜롬비아와 여러모로 늘 비교 대상이 되는데, 아야카-타말 경쟁은 그 자존심의 절정이다. 만드는 방법은 같고(물론 옥수숫가루의 굵기가 약간 다르긴 하다) 소에 넣는 식자재의 종류와 양념이 조금씩 다른 정도인데도 베네수엘라 사람들은 타말이 무슨 음식이냐 하고 콜롬비아 사람들은 타말을 아야카와 바꿀 생각이 없다고 한다. 해외에는 타말이라는 이름으로 좀더 널리 알려진 것 같지만, 국경지대에서 생활고에 시달리는 베네수엘라 사람들이 집안의 전통으로 내려오는 비법으로 만들어 국경 너머 콜롬비아 가정에 판매하는 일이 잦고 그 인기가 무시하지 못할 수준이라 한다. 명절 음식을 미처 준비하지 못하는 처지에 있는 사람들에게 아야카를 보내는 일은 가톨릭 신앙 전통이 깊은 베네수엘라 사람들에게 한 해를 감사와 나눔으로 마무리하고자 하는 적극적 행위가 된다.

아야카 이외에 크리스마스 식탁에서 중요한 음식은 판 데 하몬이다. 일명 햄 빵. 햄, 건포도, 그린 올리브로 속을 채운 빵으로 파프리카를 추가하기도 하고 돼지고기 햄 대신 칠면조 햄을 넣거나 크림치즈 등을 첨가하기도 한다. 크리스마스의 고기 요리로는 단언컨대 돼지 넓적다리 오븐 구이를 꼽을 수 있다. 베네수엘라에서는 크리스마스 시즌이 다가올 때 시장에 이 돼지 넓적다리 공급이 제대로 되지 않으면 폭동이 나도 이상할 게 없다는 말이 있을 정도다. 잘 손질한 고기를 양파, 마늘, 정향 등에 재워 반나절 이상 두었다가 후추, 우스터소스, 발사믹식초, 월계수잎, 오렌지주스와 당근, 올리브, 케이퍼 등을 더해 오븐에 천천히 익히는데 차갑게 식혀 먹어도 좋은 요리이기 때문에 파티 요리로 손색이 없다. 일상적 먹거리를 제대로 차려내기 어려운 경제난에도 사력을 다해 크리스마스 음식을 차려내는 마음에는 마지막 순간까지 지켜내고픈 삶의 유희적 측면, 다시 말해 만들고, 먹고, 이 모든 것을 나눔으로써 생의 감각이 더욱 생생해진다는 면이 있지 않을까.

그러나 파티가 크리스마스에만 있을 리는 없다. 파이 반죽 속에 닭고기와 함께 토마토, 올리브, 칠리 페퍼 등의 채소를 듬뿍 넣어 굽는 베네수엘라식 치킨 파이, 폴보로사 데 포요도 베네수엘라 특별식의 고전이라 할 만하겠다. 그리고 가장 일반적인 파티 음식이라고 한다면 바비큐라

해산물 파리야.

할 수 있는 파리야일 것이다. 쇠고기, 닭고기, 초리소, 블랙 푸딩인 모르시야, 돼지갈비 등을 숯불이나 장작에 굽고 곁들임 음식으로는 플라타노 튀김인 파타콘, 감자튀김이나 유카튀김, 아레파, 흰 치즈 등을 준비하고 구아사카카라는 독특한 소스를 함께 낸다. 아보카도, 파프리카나 초록 고추, 고수, 양파, 마늘, 식초, 기름 등을 넣어 만든다. 물론 해산물로만 파리야 한 접시를 만들 수도 있다. 일상식으로 가장 많이 소비되는 것은 파스타다. 베네수엘라는 이탈리아에 이어 세계에서 두번째로 많은 파스타를 소비하는 나라다. 파스티초라고 부르는 베네수엘라식 라자냐도 주식이다.

베네수엘라는 이름난 커피, 카카오 생산국이기도 하다.

경제난에 허덕이는 요즘에는 그나마 유지되는 생산량을 박박 긁어 수출하느라 상급 제품은 내수용으로 풀리지 않는다. 외국계 체인점이야 사정이 다르겠지만 본래 베네수엘라 카페에 가면 아메리카노, 라테 같은 메뉴는 없다. 에스프레소 방식으로 진하게 내린 커피를 물에 섞은 커피는 과요요, 우유를 조금 섞은 커피는 마론이다. 커피를 언급하자니, 디저트 얘기를 좀더 하지 않을 수 없다. 스페인이나 이탈리아 전통이 유입된 메뉴들이 많지만, 베네수엘라만의 레시피인 경우 설탕 대신 파펠론의 단맛을 기본으로 파인애플, 구아바, 오렌지, 코코넛 등을 가미한 예가 많다. 유럽의 플란에 해당하는 케시요, 파펠론과 치즈, 아니스 등으로 맛을 낸 달팽이 모양의 롤 골페아도, 바나나케이크인 토르타 데 플라타노, 흰쌀을 우유로 익혀 설탕이나 연유로 단맛을 내고 레몬 껍질과 계피로 마무리하는 쌀 푸딩 아로스 콘 레체 등은 각각의 메뉴만으로 전문점이 있을 만큼 인기가 많다.

베네수엘라의 매우 다양한 요리법은 복잡한 남미 역사의 흐름과 맥을 같이한다. 스페인, 이탈리아, 독일, 프랑스 및 포르투갈 등의 유럽 문화와 노예무역으로 유입된 아프리카 문화가 현지 토착 문화와 혼합되어 빚어진 결과인 것. 당연한 얘기겠지만 베네수엘라 내에서도 지역에 따라 손쉽게 손에 넣을 수 있는 식자재가 다 다르기에 지역마다 이름난 요리도 다르다(물론 수도인 카라카스엔 이 모든 것이 카탈로그처럼 존재한다). 동부 카리브해 연안에서는 각종 생선 튀김이, 중부 내륙에서는 닭고기 및 육류 구이나 조림이, 평야 지대인 야노스에서는 아르헨티나와 브라질에 펼쳐진 팜파스와 유사하게 사냥감과 옥수수 등을 이용한 요리가 발달했다. 안데스 지역은 페루와 유사하게 다양한 감자와 양식 송어를 적극적으로 활용한다.

라틴아메리카의 음식은 라틴아메리카의 정글과 산악지대, 초원과 독재자, 플랜테이션 농장의 모습을 모두 담고 있다. 그것은 자부심의 모습으로 직접적이게 드러날 수도 있고 세계 주변부의 존재가 감지하는 소외의 흔적으로서 은유로 표현될 수도 있다. 원주민 문화와 백인 이주자들이 뿌린 갈등의 불씨와 그로 인한 변종 문화, 또 혼혈 문화의 뿌리들이 복잡하게 뒤엉켜 있다. 과거 스페인의 지배를 받은 역사와 공식 언어로 스페인어를 사용하는 남미 스페인어권 문화 속에서 카리브해, 안데스 산지, 아마존 정글, 야노스 초원 등 인접 지역들과의 교집합으로 묶일 수 있는 다양한 특성을 보유한 베네수엘라라는 현상이 존재한다.

이제는 세계 어디서나 남미 음식의 대표주자로 인식되고 심지어 글로벌 퓨전 음식으로 인식되기까지 하는 아레파 같은 음식을 마주할 때, 버터 맛 가득한 프랑스식 브리오슈 같은 빵과는 완전히 다른 식감을 즐기며 나는 베네수엘라 작가 아르투로 우슬라르 피에트리가 쓴 단편 「비」의 도입부를 떠올린다. 은총이 허락되지 않은 땅에서

차카오시장의 과일가게.

선명한 환상을 보는 절실한 마음이 까슬한 옥수숫가루로 전해지는 것만 같다.

> 오두막의 틈새마다 달빛이 스며들었고 옥수수밭에서는 빗소리처럼 촘촘하고 가는 바람소리가 들려왔다. 얇은 함석판 아래 난도질당한 어둠 속에서 삼보 노인의 해먹이 느릿느릿 흔들리고 있었다. (…)
> 마른 옥수수잎과 나뭇잎 위로 바람이 미끄러지며 뿌연 흙먼지의 단단한 대기에 축축한 메아리를 남겼고 점점 더 빗소리에 가까워졌다.
> 마치 돌 밑에서 들려오듯 땅속 깊은 곳에서 두근거리는 피의

> 고동 소리가 들려왔다.
>
> 아르뚜로 우슬라르 삐에뜨리, 「비」, 『날 죽이지 말라고 말해줘!』, 창비, 145쪽.

카라카스를 경험하며 산다는 것은 카라카스의 거리를 습관처럼 걷고 카라카스에서 사람들이 즐겨 먹는 음식 역시 습관처럼 먹는다는 것이다. 그런데 내가 카라카스 생활에서 기억하는 최고의 음식은, 마치 "폭탄이 떨어지는 가운데 농부들과 음식을 나눠 먹던 기억을 결코 잊을 수 없"다면서 스페인 내전 시기의 체험을 상기한 옥타비오 파스의 말처럼, '대정전' 시기 어렵게 구해 이웃과 나누어 먹던 아보카도 한 알이 아닐는지.

그리고 한 가지 덧붙일 사실이 있다. 베네수엘라에 사는 아시아인들에게 매우 중요한 장소인 중국 시장에 관해서다. 매주 일요일 새벽, 카라카스 시내 중심부 어느 지점에 중국 상인들의 장이 선다. 하늘이 열려 있으니 노천 시장이긴 한데 큰 문이 달린 벽으로 둘러친 공간이니 또 노천 시장이 아니기도 하다. 이 일대에 중국 식당과 중국 식료품점이 몰려 있다. 실내 점포를 가진 이들은 주중과 주말을 가리지 않고 영업을 하지만 이 노천 시장만은 일주일에 한 번 열린다. 여기서 일반 슈퍼마켓이나 시장에 없는 식자재와 간식거리를 구할 수 있다. 배추, 무, 부추, 동양 오이(베네수엘라 오이는 팔뚝만하고 안에 씨가 잔뜩이다),

두부, 돼지고기, 팥앙금이 든 찐빵, 튀김 만두 등등. 아침 6시쯤 이곳을 찾으면 잠이 다 달아날 정도로 시끌벅적한 분위기에 놀란다. 카라카스의 가게 대부분에서 카드를 사용할 수 있는데 중국 시장의 상인들은 오로지 현금 박치기로 장사한다. 중국 시장에 가기 위해서는 꾸준히 현금을 모아야만 한다. 그래도 중국 시장엔 늘 사람들이 끊임없이 모여든다. 거기서만 구할 수 있는 것들이 있으므로. 또 요즘같이 치안이 불안정한 때에는 노천이지만 들어오고 나가는 유일한 문을 지키는 문지기가 있어 위험성을 최대한 줄일 수 있는 이런 시장이 인기일 수밖에 없으므로.

중국 상인들의 거래 방식이 이러하다보니 중국인들은 강도 사건의 피해자가 되기 쉽다. 현지인들 보기에 별다르지 않은 외모를 한 한국인들은 그래서 좀 불안해하기도 한다. 뭘 가지고 두부를 만들었는지, 저 빵 안에는 뭐가 들었을지 의심하기도 한다. 그래도 입에 맞는 먹거리를 만들어 파는 중국인들이 반가울 수밖에 없는 한국인들은 중국 상인들의 둥글둥글한 스페인어 발음 속에서 어떤 친밀감을 느낀다. 유사한 입맛을 지녔다는 것, 고향을 떠올리면 익숙하게 떠오르는 식자재를 공유할 수 있다는 것은 상상 이상의 결속력이 있다. 적어도 '동양인'의 범주에 드는 사람들에게는 고립감을 잊게 해주는 장소이기도 하고.

양손 가득 장 본 것을 차에 밀어넣고 바로 옆 중국 식당에 들어간다. 제법 넓은 식당이 벌써 사람들로 가득찼다.

여기가 북경인지, 샌프란시스코 차이나타운인지 모를 정도로 딤섬과 자스민 티, 계란탕으로 아침식사하는 사람들이 많이 보인다. 찐빵과 쇼마이 등을 포장해달라 부탁하고 계산하려는데 계산을 맡은 아주머니 실력이 영 신통치 않다. 더하기를 자꾸만 틀리고, 카드기 입력도 몇 번이나 다시 한다(식당은 카드를 받았다). 실수도 그쪽에서 하고 화도 그쪽에서 내지만 우리의 거래는 결국 성공적으로 마무리된다. 아쉬운 건 이쪽이기 때문이다. 현금만 받아도 좋고 계산 틀리고 오히려 화내도 좋으니 제발 문 닫지는 말아주세요, 하는 마음으로 까만 봉지를 흔들며 차로 간다. 요즘엔 정말 문 닫는 가게가 너무 많다. 오랜만에 허수경의 『길모퉁이의 중국 식당』을 다시 읽으니 그 마음이 이보다 더 진하게 전달될 수 없다. '치나(중국인)'가 아닌데도 '치나'로라도 위로받고 싶은 마음만큼 눈물겨운 것이 또 있을까. 나는 맡은 식물은 다 죽이고 마는 저주받은 손을 가졌는데, 문득 상추나 파를 심어볼까, 아니 배추나 무는 안 되나 하는 궁리까지 하고 앉아 있는 것이다. 돼지고기 아무 부위나 구해지는 대로 넣고 한참 묵은 것이긴 해도 냉동실 고춧가루로 얼기설기 담은 배추김치랑 같이 푹푹 끓여내면 이 냄비도 곧 카라카스 요리가 되는 것이다. 율레이시도 크리스탈도 아이마라도 다들 반기니까 그렇다고 해두지 뭐.

5. 열대의 리듬과 가락

그날도 카라카스 시내 곳곳에서 마두로에, 또 배고픔에 대항하는 시위와 행진이 펼쳐지는 동안 빨갛고 노란 차, 희고 검은 차에서는 여전히 맘보와 메렝게가 울려퍼졌다. 해가 저물고 집에 돌아온 사람들은 8시가 되자 기다렸다는 듯 부엌에서 꺼내 든 냄비와 숟가락을 손에 쥐고 창가로 나와 그 두 쇳덩이를 부딪쳐 요란한 소리를 냈다. 시위의 연장이다. 그러더니 그 쇳소리는 전주곡이었다는 듯 낮과는 다른 무척 빠른, 토속적이라 할 만한 음악이 본격적으로 온 사방에 가득찼다. 호로포 야네로라 불리는 빠른 3박자의 춤곡이었다. 베네수엘라에서 사람들이 모인 곳에서는 그 어떤 노래보다 더 널리 불리는 노래가 있다. 〈Alma Llanera 평원의 영혼〉라는 노래인데, 야노llano, 즉 평원을 자신들의 정신적 고향으로 생각하는 베네수엘라인들의 의식을 엿볼 수 있다. 그 평원의 노래이자 리듬이 호로포라는 장르다. 야네로llanero는 오리노코 분지의 평원에서 목축으로 살아가는 사람들을 가리키는 말이기도 한데, 콜롬비아 동부에서 베네수엘라 서부에 이르기까지 유사 문화 띠를 형성하는 이 지역 문화 역시 원주민에 히스패닉, 아프리카계의 색채가 다채롭게 엉겨붙어 있다. 두 국가에 걸쳐 있는 대평원 로스야노스Los Llanos의 면적은 대략 50만 제곱킬로미터에 이르는데 전체 면적의 1/3은 콜롬비아에,

2/3는 베네수엘라에 해당한다. 유럽인들이 아메리카 대륙에 들여온 소와 말이 이 지역 목축 경제의 자산이 되었으나 유전 개발과 공업지대 형성, 광대한 도로망 건설, 신토지 구획 등으로 낭만적 자유의 상징과도 같았던 야네로 문화는 예전 같지 않다. 그러니까 호로포 야네로를 듣고 부르고 춤춘다는 것은 전통 농촌 문화와 아득한 옛일이 되어버린 자급자족 시대에 대한 향수를 공유하는 것이 아닐는지.

베네수엘라는 다양한 지역 사회와 다른 카리브 국가들의 영향으로 인해 복잡하고 혼합적인 음악 전통을 지니고 있어서 쿰비아, 메렝게, 살사처럼 콜롬비아나 파나마, 쿠바의 색채가 짙은 리듬도 길에서 집에서 늘 듣게 된다. 이들 리듬에는 지역 원주민과 아프리카계 흑인, 그리고 스페인적 요소가 혼합되어 있다. 이들은 노래가 되고 춤이 되는데, 리듬에 몸을 맡기지 않는 베네수엘라 사람을 상상하기란 한참 어려운 것이다. 이들은 몸을 통해 현재를 사는 방법을 통달한 사람들 같다.

둔탁한 타악기 소리와 함께하는 2박자 리듬 쿰비아는 콜롬비아에서 탄생한 것으로 알려졌지만 오늘날 카리브해 연안 국가들에서도 전반적으로 비슷한 역사를 공유하며 발견된다. 아프리카 흑인들이 노예 신분으로 일시적으로 머물렀던 곳이나, 원주민이었던 인디오와 자연스럽게 섞일 수 있었던 곳에서 태어났다는 것. 따라서 흑인이 노예 신분으로 도착했던 항구 근방이 탄생지로 지목되는 경우가 많다. 여기에 식민 지배 시기 스페인이 전파한 종교음악 또는 원주민이나 흑인을 교화하기 위해 사용했던 음악이 혼합되어 여러 하위 장르를 형성했다. 왜 이들은 춤추게 되었을까? 음악은 축제를 위한 것이었고 축제는 지역 귀족이 가톨릭 종교 계급과 결탁해 민중에 베푸는 성질의 것이었다가 베네수엘라가 스페인으로부터 독립하고 노예제도의 위세가 저물어가면서 종교 축제의 시간을 가득 채웠던 음악과 춤은 지극히 세속적인 것이 되어갔다.

카라카스 광역시의 남동부 엘아티요는 식민시대 바로크식 건축물과 원색의 다채로운 가옥들로 가득하다. 크리스마스 즈음 그곳을 방문하면 가이타 술리아나를 들을 수 있다. 마라카이보를 주도로 하는 서부 술리아주에서 기원한 가이타는 크리스마스 시즌이면 세간에 떠도는 음악의 거의 모든 것이다. 흔들어서 바삭거리는 소리를 내는 마라카스, 우쿨렐레와 유사하게 생긴 네 줄 악기 콰트로, 당나귀나 말 등 동물의 턱뼈를 막대기로 긁어 소리 내는 차라스카, 타악기 탐보라 등으로 악단이 구성되고 노래의 내용은 낭만적인 사랑 노래부터 정치 풍자에 이르기까지 다양하다.

페타레 지구에는 전통문화 보존 단체인 비곳 재단이 있다. 베네수엘라에서 지켜지는 축제 중의 축제는 '춤추는 악마 축제'인데 비곳 재단에서는 이 전통을 이어나가기 위해 온갖 노력을 기울인다. 화려한 의상, 섬세한 표현의 마스크,

광기 어린 안무, 축사한 종려나무 십자가라는 그로테스크한 요소들이 악마가 신 앞에서 춤을 추고 있다는 모순적인 사실 앞에 극대화된다. 스페인을 중심으로 가톨릭 신앙이 우세한 유럽 지역에서 기념하는 축제인 성체축일의 기이한 요소들과도 통하는 면이 있다. 가톨릭 전례상 승천과 성령강림, 삼위일체 대축일 등으로 일련의 부활절 기념 주간이 지나고 난 후, 부활절로부터 60일이 지난 일요일에 거행되는 이 행사에는 그리스도의 몸을 형상화한 거대 성상 이외에도 로카라고 불리는 거대 목상들이 등장해 행진을 벌이는데, 성경의 인물들뿐만 아니라 용, 거인, 난쟁이, 불을 뿜는 독수리 등 지역 신화 속 캐릭터들이 대거 등장한다. 가톨릭 문화는 토착화 과정에서 이교도 문화를 많은 부분 흡수했는데, 기독교 전승 초기부터 두드러졌던 이러한 현상은 라틴아메리카로 넘어와 더욱 복잡한 양상을 보인다.

예를 들어, 크루스 데 마요(오월의 십자가)는 스페인과 히스패닉 아메리카의 많은 지역에서 5월 3일에 기념되는 축일이다. 종교적으로 이 축제는 비잔틴 황후 성 헬레나가 예수가 못박혀 죽은 십자가를 찾은 데 뿌리를 두고 있지만, 축제와 관련된 인기 있는 전통은 로마 제국이 스페인에 가져온 이교도 전통에서 비롯된 것이다. 전승에 따르면 콘스탄티누스 황제는 통치 초기에 적군이 어마어마한 숫자라 이길 수 없다고 여겨지는 전투를 맞이하게 되었다. 그는 어느 날 밤하늘에서 십자가의 환상을 보고 승리의

엘아티요의 전통 가옥.

예언을 들었다. 황제는 십자가를 만들어 군대 앞에 놓았고, 실제로 승리를 거두었다. (그 믿음이 무엇이냐에 대한 논의는 매우 복잡하겠으나) 십자가의 중요성을 알게 된 콘스탄티누스는 기독교인으로서 침례를 받았고 기독교 교회를 세우라는 명령을 내렸다. 그는 성 헬레나를 예루살렘으로 보내어 예수가 죽은 참 십자가를 찾게 했고, 그녀는 십자가 처형 장소였던 갈보리 언덕에 세 개의 피 묻은 통나무가 숨겨져 있음을 발견했다. 이렇게 기적의 증표로서 십자가 자체가 숭상되었다. 이 숭배는 다분히 이교도적이라고 할 수 있다. 그리고 아라구아주 초로니 지역은 오늘날까지 베네수엘라에서 이 축제 행사가 가장 성대하게 거행되는 곳이다. 카리브해 해안에서 대형 십자가가 꽃으로 장식되고 사람들은 새벽까지 드럼을 두드리며 춤을 춘다.

세부칸 지구의 로스갈포네스 아트 센터를 자주 걷는다. 갤러리와 서점, 세미나홀, 공방 등이 넓은 야외 공간 안에 독립 건물로 적절히 배치되어 있어 도시 속 문화 공간으로 사랑받는 곳이다. 어느 가을, 세미나홀에서 개방형 강의를 들었다. '베네수엘라의 소리'라는 이름으로 열린 그 강의에선 베네수엘라 곳곳의 소리를 채집하고 그 리듬과 멜로디, 노랫말을 현대적으로 재해석해 새 노래도 발표하는 소리 집단의 리더가 아마존과 사바나, 대평원과 안데스의 소리를 세심하게 들려주었다. 느릿느릿한 말투가 동굴처럼 울림통이 큰 소리로 마이크 없이도 먼 뒷자리까지 빠짐없이 꽂혔다. 참가자가 많지 않아 강의가 끝나고도 우리는 리더 주위에 둘러앉아 그가 가져온 악기들을 돌려가며 만지고 소리 내어보았는데 긴 막대기에 은방울꽃처럼 세모 모양의 딱딱한 물체들이 두 줄로 매달려 딱딱거리는 소리를 내는 악기가 내 차례로 돌아왔다. 천진하게 막대기를 흔들어대는 나를 향해 리더가 입꼬리를 올리며 소리 없이 웃더니 말했다. 그건 투칸의 부리로 만든 아마존의 악기랍니다. 투칸은 열대우림에 사는 새로 크고 밝은 주황색의 부리를 가졌다. 태고의 소리에 접속하는 느낌이 등골을 오싹하게 한다.

『쿠바의 음악La Música en Cuba』을 쓸 정도로 음악에 조예가 깊었던 알레호 카르펜티에르는 오랜 베네수엘라 거주 기간의 이점을 살려 『잃어버린 발자취』라는 소설에서 베네수엘라 오리노코강 유역으로 원주민 악기를 찾아 떠나는 이야기를 직조해냈다. (아마도 누구나 뉴욕을 떠올릴) 거대도시의 영화음악 제작자가 미국 대학의 지원으로 남미의 원주민 악기를 찾으러 베네수엘라로 떠난다. 셸리의 시 「해방된 프로메테우스」를 주제로 작곡을 시도했던 그는 산타 모니카라는 신비한 치유의 마을에 이르러 문명의 법칙에서 벗어난 원시적 이상향을 경험한다. 자연의 소리와 원주민의 북소리가 울려퍼지는 가운데 그는

춤추는 악마 축제.

작곡에 몰두하다가 치정과 범죄가 뒤섞인 일련의 사건들로 스스로의 이방인됨을 자각하면서 도시로 돌아가게 된다. 서구 도시 예술의 타락에 회의가 깊어져 원시세계로의 복귀를 시도하지만 이마저도 그에게는 쉽게 허락되지 않는다. 그는 원래 쓰려던 곡도, 새롭게 영감을 얻은 곡도 쓰지 못하고 산타모니카에서의 경험을 토대로 자전적 소설을 쓴다. 문명과 원시 사이에서 영겁의 틈을 맛본 자에게 허락된 유일한 해석은 바로크적 글쓰기뿐이라는 듯.

그런가 하면, 서구 클래식 음악이 엘리트 음악으로 남지 않고 오히려 최하층 민중에까지 고루 향유되도록 한

로스갈포네스에서 만난 베네수엘라의 전통 악기.

음악 교육 시스템이 있는데, 이것이 오늘날 베네수엘라의 대표적 얼굴로 남은 엘 시스테마다. 엘 시스테마는 지휘자, 작곡가이자 경제학자인 호세 안토니오 아브레우와 비올라 연주자 프랑크 디 폴로 등이 1975년 수도 카라카스 빈민가의 한 차고에서 열한 명의 청소년에게 악기를 사주고 연주하는 방법을 가르친 것이 그 시작이다. 다음은 아브레우의 말이다.

> 가난에 대해서 가장 비참하고 슬픈 사실은 지붕이나 빵이 없는 것이 아니라 아무것도 아니라는 감정을 느끼는 것, 정체성의 결여, 사람들의 관심을 받지 못하는 것이다.

> 오늘 우리는 라틴아메리카에서의 예술이 더이상 엘리트들만의 독점물이 아니며, 사회적인 권리이자 모두를 위한 권리가 되었다고 이야기할 수 있다.

엘 시스테마의 공식 명칭은 베네수엘라 유소년 및 청소년 오케스트라와 합창을 위한 국가 시스템이다. 로스카오보스공원 뒤쪽 이슬람 모스크 건너편에는 엘 시스테마 전용 음악 센터가 있다. 천장에서 흔들리는 소토의 키네틱아트 작품, 바닥과 좌석에서 상상력을 자극하는 크루스디에스의 화려한 색깔 띠가 방문객을 압도하는 이곳은 지상 3층, 지하 7층 규모로 일곱 개의 공연장과 92개의 크고 작은 연습실로 이루어져 있다. 견학 프로그램으로 센터를 둘러보았던 날에는 베네수엘라 전통 음악 교육 코스인 알마 야네라 프로그램 교육생들의 갈라 콘서트가 열렸다. 카우보이 복장을 한 소년들이 먼 곳을 향해 울부짖는 듯한 속 깊은 소리를 토해내는 동안 콰트로와 탐보라 같은 전통 악기들의 백업이 우렁찼다. 로스앤젤레스 필하모닉의 사자머리 지휘자 구스타보 두다멜은 베네수엘라 정부 주도의 저소득층 음악 교육 지원 프로그램인 엘 시스테마의 최대 성과로 해외에 잘 알려져 있다. 그러나 지난봄 시위에서 엘 시스테마 출신 시몬 볼리바르 오케스트라 바이올린 주자인 한 소년이 경찰의 과잉 진압으로 사망했고, 그때까지 침묵을 지켜오던 두다멜은 마두로 정부를 향해 비판의 목소리를 높였다. 차베스 정부로부터 세심한 지원을 받았던 두다멜은 한쪽에서는 차비스타(차베스주의자, 실제로는 현 우파 진영에서 좌파 진영을 비아냥거리며 쓰는 명칭)로, 다른 쪽에서는 은혜를 모르는 배은망덕한 서구주의자로 공격의 대상이 되고 있다. 아무튼 엘 시스테마는 계속되고 있고, 교육생들은 개인 교습을 받고 합주 경험을 늘려가고 있다. 이들의 연주복은 연습복과 다르지 않다. 검은 바지에 흰 셔츠, 혹은 검은 바지에 베네수엘라의 별 달린 삼색기로 디자인된 점퍼다. 수십, 수백의 어리고 젊은 베네수엘라가 무대에 올라 소리를 내는 순간은, 그들 스스로는 알 수 없는 베네수엘라의 미래에 대한 어떤 그림을 그려보이는 순간이 된다. 물론 이것은 또하나의 프로파간다로 이용될 것이지만, 그것을 장악한 어떤 의도 때문에 저 소리와 그림이 전부 부정되어서는 안 되는 것 아닐까. 물론 실제로 도시 하층민들은 마두로 정부가 집이 두 채 이상 되는 사람들의 손에서 잉여 재산을 모두 빼앗아 자신들에게 골고루 나누어 주기를 기다리며 천진난만한 얼굴로 살기 어린 말들을 하기도 한다.

열한 명의 길거리 단원으로 출발한 엘 시스테마는 현재 190여 개의 지역별 오케스트라와 26만 명의 단원을 거느린 조직으로 성장했다. 국가 경제가 파탄에 빠지면서 차베스와 마두로의 국가 경영 노선에 의심의 눈초리가 더해지고 있고 차베스가 2007년 악기 제공과 음악 교육을 대대적인 정부 계획으로 발표한 이후 엘 시스테마를 바라보는 눈길 또한 곱지만은 않은 것도 사실이지만, "연주하고 노래하고 싸워라 Tocar, Cantar y Luchar"라는 구호가 이렇게 힘찬 음악으로 코앞에서 울려퍼질 때의 감격 또한 부정하지 못한다. 마약과 범죄, 포르노, 총기 범죄에 노출된 저소득층 아이들의 삶을 음악으로 바꿔놓은 엘 시스테마의 정신을 이어받은 스웨덴 예테보리의 시스테마, 유럽 유스 오케스트라 시스테마, 엘에이 유스 오케스트라 등의 해외 음악 교육 프로그램도 적지 않다. 캐나다 몬트리올 심포니 오케스트라를 이끄는 지휘자 라파엘 파야레, 베를린 필하모닉 베이시스트 에딕슨 루이스, 지휘자 크리스티안 바스케스 등이 엘 시스테마 출신이다. 엘 시스테마 공식 홈페이지에는 지금도 다음과 같은 구호가 걸려 있어 모든 것이 사회 변혁 운동임을 확실히 밝힌다.

> 엘리트들, 소수만을 위한 사회가 아닌 사회를 위한 예술, 아이들을 위한 예술, 아픈 자들을 위한 예술, 약한 자들을 위한 예술, 자신의 권리를 높이고 인간 존재의 정신을 옹호하기 위하여 눈물 흘리는 모든 자들을 위한 예술이 되는 시대를 원한다.

마치 베네수엘라 음악의 어제와 오늘을 돋을새김한 기념비처럼 인근에는 대공연장인 테레사 카레뇨 극장이 있다. 1983년 개관한 카라카스 최초의 콘서트홀로 대극장인 리오스 레이나 홀과 소극장인 호세 펠릭스 리바스 강당으로 구성되어 있으며, 베네수엘라 국립 심포니 오케스트라, 테레사 카레뇨 오페라 합창단, 국립 발레단 등이 상주한다. 그렇다면 테레사 카레뇨Teresa Carreño, 1853~1917는 누구인가? 그녀는 두다멜 이전에 베네수엘라가 배출한 가장 유명한 음악가였다. 부계와 모계 모두 음악적 재능이 뛰어난 선조가 있는 집안에서 태어난 그녀는 큰 손으로 휘몰아치듯 건반을 내려치는 연주 스타일로 무려 '피아노의 발키리'라고 불리는 피아니스트이자 작곡가였다. 여성 음악가가 세상에 이름을 알리기 흔치 않았던 시절, 그녀는 확인된 자필 악보 기준으로 만 7세 때인 1860년 첫 작품을 작곡했고, 만 10세 때인 1863년에는 작품이 처음으로 출판되었다. 미국과 유럽에서 활동하며 왕성한 연주 경력을 남겼는데 1862년 뉴욕 어빙 홀에서 데뷔 공연을 펼쳤고 1863년 링컨 대통령의 백악관에서 공연했으며 1876년에는 모차르트의 오페라 〈돈 조반니〉에서 오페라 가수로 데뷔하기도 했다. 루이스 모로 고트샬크와 안톤 루빈슈타인의 가르침을 받았고, 런던과 파리, 마드리드, 베를린 등 유럽에서 왕성하게 연주 활동을 벌이며 카미유 생상스 등과도 교류했다. 70여 편의 작품들 가운데 피아노곡이 가장 많고 약간의 성악곡과 실내악곡도 있는데 대부분 그 시기 유행하던 후기 낭만주의 성향을 보인다. 1880년대에는 베네수엘라로 돌아와 오페라단을 조직, 관리하고 음악원 설립을 기획하는 등 서구 사회에서 자신이 체득한 클래식 음악의 기반을 모국에 구축하고자 애썼고, 1907년부터 1911년까지 오스트레일리아와 뉴질랜드, 남아프리카에 이르는 두 번의 그랜드 투어를 감행할 정도로 담대하고 열정적이었던 그녀를 베네수엘라인들이 자랑삼는 것은 당연하다. 1872년 작품인 즉흥곡 왈츠 〈La Falsa Nota 잘못된 음〉 op.39은 화음을 이루지 않는 음, 화성을 벗어난 음을 다룬 곡인데 소위 '흑건'이라 불리는 쇼팽의 5번 연습곡만큼이나 재기발랄한 시도가 아닐 수 없다.

테레사 카레뇨 극장.

때때로 뚝심 있는 내 친구 엘레나 브루블렙스카야의 초대로 다양한 연주를 들으러 이 공간에 가곤 했다. 그는 우크라이나 드네프르 출신으로 드네프르 글린카 음악학교와 키예프 차이콥스키 음대에서 바이올린을 전공하고 오케스트라 주자로 활동하던 중 모스크바에서 열린 음악 축제에서 베네수엘라 출신 성악가인 지금의 남편을 만나 결혼했다. 카라카스 음악학교에 출강하며 베네수엘라 심포니 오케스트라에서 연주하는 그가 비발디와 베토벤과 말러를 들려준다. 뚝심 있다고 표현하는 이유는, 이곳 오케스트라의 자유분방한 라틴적 연주 분위기 속에서 그의 슬라브적 긴장과 우수가 균형추로 작동하는 현장을 심심찮게 목격하게 되기 때문이다. 그러나 그런 그도, 베네수엘라 작곡가이자 하프 연주자인 후안 비센테 토레알바의 〈Concierto en la Llanura 평원의 콘서트〉 같은 곡을 연주할 때만큼은 그러한 우울을 떨쳐버리는 것도 같다. 나는 그의 창백한 피부에 카리브해의 열기가 옅게 스며드는 것을 보는 것이 좋았다.

그런데 반정부 시위도 잦고 너무 많은 사람이 조국을 떠나는 상황에서 그 어느 때보다 자주 불리는 노래가 있다. 이 노래는 소위 제3의 국가라고 일컬어질 만큼 인기가 많다. 가락과 노랫말의 아름다움은 남은 자와 떠난 자, 심지어 베네수엘라를 아는 모든 스페인어권 시민들까지도 눈물짓게 한다(제1은 공식 국가인 〈Gloria al Bravo Pueblo 용맹한 민중에 영광을〉이고, 제2는 〈Alma Llanera 평원의 영혼〉일 것이다).

내 피부엔 당신의 빛과 당신의 향기를
내 가슴엔 콰트로를 싣고 가네
내 피엔 바다의 거품을
내 두 눈엔 당신의 수평선을 싣고 가네

나는 투르피알의 그 어떤 비행도 둥지도 부럽지 않네
나는 수확기에 부는 바람 같고
카리브해를 한 여인처럼 느끼네
이게 바로 나라네. 무엇을 할까?

나는 사막, 정글, 눈, 화산이라네
내 걸음은 자취를 남기고
평원의 웅성거림은 한 노래가 되어
나를 깨어 있게 하네

내가 사랑하는 여인은
심장이고 불이며 박차이어야 하리
베네수엘라의 한 송이 꽃처럼
그을린 피부를 지녔다네

당신의 풍경을 내 꿈에 담고 나는 떠나네

하느님의 세상을 향해
그리고 황혼에 당신을 회상하면
나의 길은 한결 가까우리

당신의 바닷가 어딘가에 내 어린 시절이 머무네
바람과 태양에 누워
내 목소리에 오늘 차오르는 이 향수가
나도 모르게 그저 노래가 되네

산으로부터는 원대함을 바라고
저 강으로부터는 수채화를 원하네
그리고 당신으로부터 아이들이 오리라
그들은 새로운 별들을 흩뿌리리

언젠가 내가 좌초하게 되면
태풍이 내 돛을 부숴버리면
내 몸을 바닷가에 묻어주오
베네수엘라의 바닷가에

6. 세 개의 점, 대학들

카라카스를 동서로 대담하게 가로지르는 프란시스코 파하르도 자동차 도로 주변에는 도시의 랜드마크라 할 만한 기념비적 건축물들이 즐비하다. 그중 지리적으로 정확히 카라카스의 중심을 점한다고 볼 수 있는 베네수엘라광장은 1940년경 조성되었다. 이 광장 양쪽으로 로스 카오보스 공원과 식물원이 펼쳐진다. 공원에서 시작되는 길이 볼리바르 대로이고, 그 길에 현대미술관, 국립미술관, 카를로스 크루스디에스 디자인 박물관 등의 예술 기관들과 시몬 볼리바르 생가, 판테온 등의 유적지가 고루 분포해 있다. 한편 식물원 뒤쪽으로는 베네수엘라중앙대학교, 우세베UCV가 있다.

우세베는 명실상부 베네수엘라 최고의 국립대학으로 이 대학 출신치고 왕년에 데모 안 해본 이가 없다 해서 이들에게 '돌 던지는 사람들'이란 별명이 붙었을 정도다. 베네수엘라 민주화운동의 최전선에 있어온 학교다. 드넓은 캠퍼스가 시민들의 산책 코스로 사랑받는 데는 대학 도시로서 미학적 가치를 부여한 건축가 카를로스 라울 비야누에바Carlos Raúl Villanueva, 1900~1975의 공이 크다. 그의 설계로 도시 속 대학 도시로 태어난 우세베는 근대 남미의 도시계획과 건축의 기념비적 존재다. 우세베는 스페인 식민 지배 시기인 1721년 볼리바르광장 근처에 설립된 왕립가톨릭대학으로 출발했다. 1827년에 시몬 볼리바르가 '새 공화국의 베네수엘라 중앙대학법'을 공포한 뒤, 1856년에 신학대학교에서 독립하여 볼리바르광장에서 남서쪽으로 두 블록 떨어진 옛 프란시스코 수도원으로 옮겨갔다. 대학의 규모가 확장되면서 새 캠퍼스에 대한 요구가 따랐는데 이때 최우선 요구 사항은 시설의 현대화였다. 해방자 시몬 볼리바르 가문이 소유했던 옛 아시엔다이바라 일대가 후보지가 되었는데, 베네수엘라광장 주변의 도시 중심부와 캠퍼스 간의 긴밀한 연결을 과제로 두면서, 이 사업은 도시계획과 건축 설계를 아우르는 큰 프로젝트가 되었다. 이른바 카라카스 대학 도시가 된 것이다. 정부는 대학 캠퍼스 확장 계획을 세우고 1942년 아시엔다이바라 지역을 매입한 후, 건축가 비야누에바에게 총책임을 맡겼다. 비야누에바는 베네수엘라뿐 아니라 세계 곳곳에서 아방가르드 예술가들을 모두 불러모았다. 2백 헥타르에 이르는 거대한 도시 복합체에는 25년에 걸쳐 40개의 건물이 들어섰다. 당대 혁신적 디자인의 종합이라 할 만했다.

대강당 천장에는 알렉산더 칼더의 작품 〈떠다니는 구름〉이 장식되어 있다. 장식일 뿐만 아니라 음향 시스템의 일부다. 대강당 밖으로 한쪽 끝에는 빅토르 바사렐리의 벽화가, 다른 한쪽에는 다다이즘의 창시자로 알려진 장 아르프의 조각 〈구름 치는 목동〉이 설치되어 있어 칼더에 화답한다. 외부의 적지 않은 공간들이 열대 환경에 적합하게 개방적인 형태를 취했고, 큐비즘을 대표하는 프랑스 조각가 앙리 로랑의 작품 〈암피온〉이 지니는 학문과 예술의 신화적 의미는 마테오 마나우레의 반추상 타일 벽화의 식민시대 전통 개념과 오묘한 조화를 이룬다. 정원으로 둘러싸인 수평 블록들로 구성된 주거용 건물이 들어섰고 지붕 있는 보도가 캠퍼스를 남북으로 가로지른다. 뜨거운 태양빛을 가리고 우기의 빗줄기로부터도 자유로운 보행을 보장하는 이 보도는 의과대학과 대학병원 등 의료단지와 다른 학업 공간을 구분하는 역할을 한다. 강화 콘크리트를 사용한 스포츠 경기장, 완전한 개가식으로 설계한 도서관 등 문화관리 구역 건설에 공들인 흔적이 역력하다. 곳곳의 구조물들은 비대칭적 요소가 눈에 띄고 건물의 전체적인 외형마저 형태의 과감성이 두드러진다. 중앙도서관에는 높은 다면체 타워가 세워졌고 거기서 내려다보는 옛 아시엔다의 뜰은 먼 과거를 아득히 관조하는 듯하다. 원경으로 풍성한 녹지가 눈에 들어온다. 이 녹지에 붙은 이름은 '누구의 것도 아닌, 누구도 없는 땅'이다.

지붕 있는 보도를 따라 걷는다는 것은, 경제 부흥과 더불어 각 분야의 예술이 단일한 목표 아래 통합되기를 주저하지 않았던 그 시대를 호흡한다는 것이다. 알레한드로 오테로가 건축학과 건물과 약대 건물의 외부를, 오마르 카레뇨는 치대 건물의 외부를 마감했다. 프로젝트의 완성을 보지 못하고 비야누에바가 세상을 떠나자, 바깥에는 새로운 건물들이나 임시 구조물이 들어서고 안에는 일부 공간이 다시 분할되는 등 다양한 수정 작업이 이루어졌다. 카라카스 대학 도시 건축물은 20세기 초의 도시적, 건축적, 예술적 이상을 일관성 있게 실현한 세계 최고의 사례이며, 인류 역사에서 이미 중요한 의미를 갖게 된 모더니즘 시대를 뛰어난 방식으로 표현하고 있다는 점을 인정받아 2000년 유네스코 세계 문화유산으로 지정되었다. 학문 발전의 관점에서 본다면, 20세기 중후반은 유럽 이민자들의 유입으로 우세베 교수진이 큰 수혜를 입은 시기이기도 했다. 스페인 내전과 제2차세계대전의 결과 지식인, 연구자 들이 베네수엘라에 정착하여 자연, 사회, 인문 과학 각 분야에 걸쳐 학문적 부흥기를 일구어냈기 때문이다.

그러나 공공분야의 실력에 상당한 의문을 가지게 되는 21세기의 카라카스에서 국립대학인 우세베의 위상은 형편없이 추락하고 있다. 사립대학 두 곳이 그 자리를 대체하고 있는데 하나가 카라카스 서쪽 끝 지점의 안드레스 베요 가톨릭 대학교이고 다른 하나가 카라카스 동쪽 끝 지점의 메트로폴리탄대학교다.

안드레스 베요 가톨릭 대학교는 1953년 예수회에 의해 설립되었다. 안드레스 베요Andrès Bello, 1781~1865는 칠레와 베네수엘라의 정치가이자 외교관이었으며 시인인 동시에 교육자이기도 했다. 무엇보다 그는 남미의 해방자 시몬 볼리바르의 스승이었다. 이름을 제대로 쓰자면 꽤 길다. 안드레스 데 헤수스 마리아 이 호세 베요 로페스. 그는 독립 후의 라틴아메리카 대륙이 공용어로 스페인어를 사용하는 데에 결정적인 공헌을 했는데, 이와 관련된 저서로 『아메리카인들이 사용하기 위한 카스티야어 문법Gramatica de la lengua castellana destinada al uso de los americanos』이 있다. 주차장과 맞닿은 신관 강의동을 지나면 벌집무늬 외벽을 지닌 구관 강의동과 도서관 건물 사이에 다니엘 수아레스 등 조각가들의 조형물이 곳곳에 설치된, 아름다운 정원이 펼쳐진다. 가장 인상적인 건물인 도서관에는 괴테 인스티튜트, 인스티투토 소피아 임베르, 학내 문화센터 등 인문, 예술 분야의 각종 기관이 입점, 역동적인 분위기를 연출한다.

이 대학에서 특별히 소피아 임베르Sofia Imber, 1924~2017의 이름이 따르는 연구소를 마련한 데는 이유가 있다. 소피아 임베르는 루마니아 태생의 베네수엘라 언론인이자 예술 후원자다. 1924년 루마니아 왕국의 유대인 부모에게서 태어나 네 살 때 가족과 함께 베네수엘라로 이주했고 1940년대에 베네수엘라 서부 메리다에 있는 안데스대학교에서 의학을 공부한 후 카라카스로 돌아와 베네수엘라와 멕시코, 콜롬비아, 아르헨티나 잡지에 글을 썼다. 1944년 작가, 외교관인 기예르모 메네세스와 결혼했고 파리와 브뤼셀에 머무는 동안 부부는 반체제

'누구의 것도 아닌, 누구도 없는 땅'과 지붕 있는 보도.

(왼쪽 위부터)
알렉산더 칼더, 〈떠다니는 구름〉, 1953.
빅토르 바사렐리의 벽화.
장 아르프, 〈구름 치는 목동〉, 1954.
앙리 로랑, 〈암피온〉, 1953.
마테오 마나우레의 반추상 타일 벽화.

안드레스 베요 동상.

인사 및 국외 거주 베네수엘라 예술가 들을 알게 되었다. 베네수엘라로 돌아온 그녀는 남편과 이혼하고 자유주의 사상가인 카를로스 랑헬과 재혼했다. 이후 TV와 라디오에서 정치 토크쇼를 만들어 진행했고, 엘 나시오날, 엘 우니베르살, 울티마스 노티시아스 등에서 중진에 올랐다. 언론인으로서의 행적 못지않게 예술 후원자로서의 업적 또한 만만치 않은데, 1973년에 라틴아메리카에서 가장 큰 현대미술 컬렉션을 자랑하는 카라카스현대미술관을 설립했고, 차베스에 의해 해고될 때까지 근 30년간 이 미술관을 이끌었다. 베네수엘라 저널리즘 최고상의 유일한 여성 수상자였고, 예술가들의 창작과정을 적극적으로 독려한 공로로 베네수엘라 조형예술 최고상을 수상했으며 유네스코로부터 라틴아메리카 최초로 피카소 메달을 받았다. 이에 가톨릭대학교는 저널리즘 학부에 소피아 임베르와 카를로스 랑헬 연구실을 마련했고, 소피아 임베르는 1만4천 권에 이르는 개인 도서 컬렉션을 이곳에 기증했다.

최근 활발한 활동을 벌이는 동문 후안 과이도에 대해 언급할 필요가 있다. 과이도는 전직 국회의장이자 30대의 젊은 나이에 외세의 지원을 바탕으로 니콜라스 마두로 현 대통령에 맞서는 야당 지도자다. 2007년 우고 차베스 대통령은 베네수엘라에서 가장 오래된 방송국을 강제 폐쇄했는데, 야권과 학생들은 이를 언론 장악 시도라고

규탄했다. 대규모 학생시위가 벌어졌는데, 이때 지도자로 나선 사람이 바로 후안 과이도이다. 2009년 과이도와 젊은 정치 지도자들은 중도 좌파 성향의 인민의지당을 창당하고 정치활동을 본격화했다. 2011년 국회의원 보궐선거에서 당선되었고 2016년 바르가스주에서 입후보, 국회의원으로 당선됐으며 2018년엔 야당 대표가 됐다. 그사이 우고 차베스에 이어 니콜라스 마두로가 대통령이 되고 재임에 성공했지만, 야권은 선거무효와 재선거, 마두로 퇴진을 외치며 다시 시위를 벌였다. 2018년 12월에 국회의장에 선출된 후안 과이도는 2019년 1월 23일, 자신을 베네수엘라의 임시 대통령으로 선언하고, 대선 무효와 과도정부 수립, 자유 민주 선거를 약속하며 마두로 대통령을 정권 찬탈자로 규정했다. 도널드 트럼프 미 대통령은 과이도를 임시 대통령으로 인정한다는 성명을 발표했다. 캐나다, 미국, EU를 비롯한 서방과 중남미의 우파정권 국가들 또한 과이도를 지지하며 그를 베네수엘라의 새 대통령으로 인정했다. 한 나라에 두 대통령이 존재하게 된 것이다(미 정부는 마두로 정권 압박을 위해 해외에 동결된 베네수엘라 정부 자산을 과이도 측이 관리하도록 조치했다. 미 정부가 일찌감치 개입해 과이도를 장학생으로 키우고 그를 괴뢰정부의 수장으로 세웠다는 주장도 있다). 과이도는 일부 군부를 포섭해 쿠데타를 시도했지만, 정보가 사전에 누설된 것은 물론이고 추진 세력의 미미함으로

가톨릭대학교 중앙도서관.

메트로폴리탄대학교 전경.

싱겁게 끝났다. 여기에는 미국과 서방의 과이도 지지가 말잔치에 불과했던 반면, 마두로를 지지한 러시아와 쿠바는 군사고문단을 파견하는 등 실질적으로 힘을 실어주었다는 점도 영향을 미쳤을 것이다. 미국과의 군사 협력이 있을 것이라는 근거가 희박한 소문만 주기적으로 떠도는 가운데 2020년 1월 5일 여권은 여권대로 루이스 파라를 새 국회의장으로 선출했고, 같은 날 야당들은 야당 언론 엘 나시오날 본사에서 국회를 열어 과이도를 연임시켰다. 마두로 측이 2020년 12월 야권이 불참한 선거를 통해 신임 의회 및 의장단을 선출하자, 과이도 측은 기존 국회와 국회의장 임기를 재연장하는 별도 선거를 실시하면서 임시 국회와 마두로 주도의 의회가 병존했다. 2022년 우크라이나 사태 이후 미국은 카라카스로 여러 차례 고위급 대표를 파견해 직접 마두로 정부와 (원유가 안정을 위한 대책을 포함한) 타협안을 조율해왔으며, 마두로 정부와 야권 간 협상은 뒷전으로 밀리고 있었다. 그러다 2022년 12월 30일 베네수엘라 임시 국회는 표결을 통해 임시 정부를 스스로 해산시켰다. 이로써 4년간 지속되어온 과이도 임시 대통령 체제가 종식되었다. 이는 야권 내 분열과 중남미 좌파 정부 출범 확산에 따라 역내 국가들이 과이도 지지를 철회하면서 마두로의 정치적 입지가 굳건해진 결과 과이도가 대마두로 저항력을 상실했음을 의미한다. 국제적 에너지 위기 등으로 마두로 정부의 대미 협상력이 제고된 것도 큰 이유다. 결과적으로 미국을 비롯한 서구권 국가들의 경제제재가 마두로 정부의 정치적 변화를 견인하지 못한 것이다. 베네수엘라는 오히려 경제적으로 중국, 러시아, 터키, 이란 등과의 교류를 점차 확대하면서 최악의 경제 상황에서 조금씩 벗어나고 있다.

마지막 점인 메트로폴리탄대학교는 카라카스의 동쪽 끝 지점에 있다. 대기업 폴라르 등을 소유한 멘도사 가문이 이끌어가는 사립대학이다. 베네수엘라 화가 에두아르도 슐라게터의 아버지인 사업가 비오 슐라게터가 기증한 토지에 에우헤니오 멘도사 고이티코아가 이끄는 기업가 집단에 의해 1970년에 설립되었다. 첫번째 캠퍼스는 산 베르나르디노 구역의 '콜레히오 아메리카Colegio America'의 옛 건물에 자리잡았고, 같은 해 10월 22일부터 수업을 시작했다. 첫 입학 인원은 기계공학, 전기공학, 화학공학, 수학, 경영 등 다섯 개의 전공 중에 선택할 수 있었다. 실용적 측면에 초점을 맞춘 학과 선정이었고 비즈니스 중심의 전통은 지금까지 이어지고 있다. 1976년 캠퍼스는 테라사스 델아빌라라는 카라카스 동부 지역에 있는 현재의 위치로 이전되었다. 아빌라산의 테라스라는 지명에 걸맞게 어머니 산 아빌라의 발치에서 카라카스 시내를 조망하고 있고, 오른쪽으로 남미 최대의 무허가촌 페타레를 품고 정문에 들어서게 된다.

이 대학은 예술 진흥 사업에 특별히 주력하고 있는데 이를 뒷받침하는 곳이 멘도사 홀 재단이다. 멘도사 홀은 현대 예술적 실천을 촉진하는 대안적이고 독립적인 비영리 전시 공간으로 1956년에 시작되었다. 다원적인 사회 변화에 적응하는 예술을 독려하는 플랫폼을 제공해온 것. 우선, 격년제로 에우헤니오 멘도사 상을 수여하여 실험적인 예술가들을 조명한다. 제도적 영역에서 작업 공간이 부족한 예술가들을 지원하는 장치로 1979년부터 시작되었다. 베네수엘라 예술가들과 베네수엘라 거주 외국 예술가들이 참여하는 공청회를 거치는데 대상은 모두 40세 이하이고 네 명의 큐레이터(베네수엘라인 두 명, 외국인 두 명)로 구성된

메트로폴리탄대학교 멘도사 홀.

선정 심사위원단이 접수된 프로젝트를 분석하고 선택하는 임무를 가진다. 16회인 2022년 심사의 경우를 예로 들면, 최종 수상자는 멘도사 홀에서 개인전을 열게 되고, 콜롬비아 산티아고데칼리의 현대미술 센터 레지던시 루가르 아 두다스Lugar a Dudas 작가가 된다. 또한 국제 미술계에 새로운 시각을 제시하는 창작자들과의 대화를 촉진하기 위해 매해 해외 작가들의 전시를 개최해왔다. 1950년대부터 조르조 모란디, 알렉산더 칼더, 지오 폰티 등을 초대하고, 마테오 마나우레, 마누엘 카브레, 프란시스코 나르바에스, 마리아 루이사 토바르와 같이 베네수엘라의 정체성을 탐구해온 예술가들을 꾸준히 조명해왔다. 또한 전시되었던 작품을 다음해 경매에 부치는데 이는 기업가 가문다운 비즈니스 민감도가 반영된 현장이다. 2년제 현대미술 디플로마 과정을 개설하고 있고, 다큐멘터리 센터를 운영하여 아카이빙 작업에도 앞장서고 있다. 1957년 첫 경매를 앞두고 발행한 카탈로그에 쿠바 작가 알레호 카르펜티에르Alejo Carpentier, 1904~1980가 쓴 머리말 중 일부를 옮겨본다(카르펜티에르는 프랑스계 아버지와 러시아계 어머니 사이에서 태어나 프랑스에서 교육받았고, 아바나대학 건축과를 거쳐 학생운동에 참여하며 잡지를 만들고 글을 썼다. 독재자 마차도에 반대해 구속당했고, 감옥에서 『에쿠에-얌바-오Ecue Yamba-O』를 집필한 후 서방 지식인들의 도움으로 파리와 마드리드에서 지내기도 하였으며, 1945년부터는 쿠바혁명 성공으로 귀국하게 된 1959년까지 베네수엘라에 머물며 『쿠바의 음악』과 『지상의 왕국』 『잃어버린 발자취』 등을 출간했다).

> 컬렉터는 경매를 통해 자신의 컬렉션을 갱신하고 완성해나가며, 자신만의 스타일에 집중할 수 있다. 컬렉터가 새 작품을 집으로 가져와 벽에 대보지만 기존에 매달려 있던 작품은 이와 어울리지 않는 경우가 있지 않은가. 경매는 그 경우, 그림의 가치를 떨어뜨리지 않고 다시 유통할 수 있는 가장 좋은 방법이며 컬렉터는 경매를 통해 컬렉션의 성격이나 전반적인 스타일에 더 잘 맞는 다른 그림을 얻을

> 수 있다. 경매는 딜러의 일방적인 주장보다 훨씬 안전하게 작가의 실제 수준을 검증하는 메커니즘이다. 최근 파리에서 열린 경매 덕분에 그림 소유자들은 자신들이 보유한 작품의 진정한 가치를 알게 되었다. 경매는 또한 가치가 변동하는 특정 작품을 산발적으로 공개하여 다시 한번 대중에게 공개하는 역할을 한다. 20년 전에 이론적 이유로 배제되거나 특정 형태의 예술에 대한 시대적 반발로 인해 빛을 보지 못한 작가가 문득 미덕을 깨달은 사람들에 의해 재평가되고 뒤늦게 발견된다. (…) 신대륙 최고 수준의 예술 작품 컬렉션을 보유하고 있는 이 분야의 맏형격인 카라카스에서 멘도사 재단이 중요한 역할을 맡고 있다. (…) 이 새로운 수요 공급 메커니즘의 장이 유용한 기회가 될 것이다.

경제 호황기에 있었던 20세기 중후반의 베네수엘라는 중남미를 휩쓸고 있는 예술적 유행이었던 모더니즘의 세례 아래 산업과 건축, 미술의 통합을 장려함으로써 자국의 선진적 면모를 과시하고자 했다. 이 시기의 흐름을 고스란히 느낄 수 있는 세 개의 점, 대학 캠퍼스들에서는 알레호 카르펜티에르가 주목했던 것처럼 라틴아메리카 문화의 바로크적 특성, 즉 혼혈과 이종의 역사에 기반한 파격적 효과, 감각적 풍요, 화려하고 풍부한 장식 등이 모더니즘의 기조 아래에서도 불쑥불쑥 솟아난다.

7. 이민자들의 산지, 콜로니아토바르

콜로니아토바르에서 잔뜩 사온 딸기를 봉지 몇 개로 나눈 뒤 서너 집을 방문한다. 거기 다녀온 김에 딸기를 산 것인지, 딸기를 사기 위해 거기에 다녀온 것인지, 나누어주려고 딸기를 산 것인지, 딸기를 많이 산 김에 나누어주게 된 것인지는 알 수가 없으나, 콜로니아토바르와 딸기, 그리고 딸기를 나누어 먹을 친구들의 얼굴은 늘 서로 손을 맞잡고 있다. 카라카스 시내에도 물론 딸기가 있기는 하다. 엑셀시오르 가마나 센트랄 마데이렌세 같은 슈퍼마켓 체인에도 가끔 나오고 야외 장터 같은 곳에도 종종 나오지만 언제나 콜로니아토바르에 가서 직접 사온 것만큼 품질이 따라오지 못한다.

두 슈퍼마켓 체인 이름에서 우리는 '이민 사회'인 베네수엘라를 체감할 수 있다. 이들은 모두 포르투갈 출신 가족 기업이 아니던가. 카라카스 외항 라과이라에 발을 딛은 포르투갈 마데이라섬 출신의 돈 마누엘 다 가마가 시작한 가게가 엑셀시오르 가마이고, 수사, 마세두, 아브레우, 코르체 등 마데이라 출신의 네 가문에 의해 시작된 가게가 센트랄 마데이렌세다. 하여튼 농산물은 콜로니아토바르산이 최고다. 특히 복숭아나 딸기 같은 과일이나 토마토, 브로콜리, 콜리플라워 같은 채소가 그렇다. 온 김에 수제 소시지 쇼핑도 해야 하고 내친김에 비어가르텐에서 시원한

콜로니아토바르 마을 전경.

세라믹 브랜드 고텍.

생맥주도 한잔 마셔야 한다. 왜냐하면, 여긴 독일 농민들이 뿌리내린 독일 마을이니까.

콜로니아토바르는 카라카스에서 서쪽으로 65킬로미터 떨어져 있다. 행정 구역상으로는 아라구아주 토바르시다. (1871년에 독일로 통일이 되지만) 1843년 당시로서는 바덴 대공국에 속해 있던 카이저스툴 엔딩엔 마을에서 390여 명의 첫 이민자들이 이곳에 도착한다. 그들의 본향은 저 유명한 검은 숲Schwarzwald이 있는 지역이었다. 숲이 빽빽해 햇빛이 들지 않는다고 해서 흑림黑林이 된 곳. 마녀가 살고 늑대인간이 출몰하며 헨젤과 그레텔이 길을 잃어 위험에 빠지고 만 바로 그곳이다. 바덴 대공국은 독일 남서부,

라인강 오른쪽에 있었는데 공국이었다가 1806년 대공국이 되면서 영토가 확장되었다. 그러므로 1952년 바덴주와 뷔르템베르크주가 통합되어 형성된 바덴뷔르템베르크주를 지금으로서는 이들의 본향으로 둘 수 있으리라. 2~3세기에 걸쳐 스페인과 이탈리아 등지에서 베네수엘라로 대거 이민이 이루어졌지만 콜로니아토바르처럼 유럽의 한 마을 사람들이 이민 와 오늘날까지 여전히 한 마을을 이루고 사는 예는 드물다.

카라카스에서는 엘훈키토의 구릉을 넘고 동쪽 입구를 통해 이 붉은 지붕의 산악 마을로 진입한다. 이 입구에서 멀지 않은 곳, 대왕 나무를 두 개 층으로 나누어 다리로 연결하고 오두막을 설치해 올린 트리 하우스에 올라 소리를 뱉어본다. 소리는 산 멧부리부터 능선을 따라 골짜기로 숨었다가 산기슭을 통과해 시퍼런 카리브해로 아득히 스러져간다.

'토바르' 식민지Colonia라는 이름이 붙은 이유가 있다. 이 독일인들을 이주시키기 위해 설립된 식민지 회사의 핵심 인물은 아고스티노 코다치와 라몬 디아스였고 마르틴 토바르 이 폰테 백작이 보증인이 되었다. 카이저스툴 주민들은 바덴 지역과 유사한 지리적, 기후적 조건을 가진 지역을 찾았고 토바르 백작의 조카인 마누엘 펠리페 토바르가 식민지 건설을 위해 기증한 토지에 이들이 정착했다. 그렇게 '가장 독일 산지에 가까운' 카리브해의 독일인 마을이 생겨났다. 산지 깊숙한 곳까지 독일식 하프팀버 양식의 건물들이 옹기종기 들어섰는데 이들의 생업은 대개 농업이다. 열대의 저지대와 달리 서늘한 이 고지대에서는 복숭아, 딸기, 양배추, 당근, 브로콜리, 감자 등 온대 작물이 잘 자란다.

마을 동편 초입 언덕으로는 베네수엘라 미드 센추리 모던 세라믹 브랜드 고텍Gotek이 자리잡고 있다. 창립자인 고트프리트와 테클라 지엘케의 이름을 조합해 브랜드명이 되었다. 이들 부부는 각각 1929년과 1928년 독일 출생으로 독일의 기술 학교에서 만나 서로 협업했는데, 각각 견습 기간을 가지던 중 고트프리트가 1952년 보고타의 타일 공장인 아술레호스 코로나 오픈을 위해 고용되고 3년 후 베네수엘라 라빅토리아에 또다른 세라믹 회사 제조 공장에 초빙되자, 둘은 1955년 결혼한 후, 베네수엘라로 이주를 결정했다. 이후 공장 운영을 접은 부부는 마침 독일인들이 정착한 이 콜로니아토바르에 있는 친구의 땅을 빌려 도자기 스튜디오를 직접 운영하고자 작고 소박한 집을 지었고, 1959년에 첫 작품을 선보이게 되었다. 산지 외딴 마을에서 베네수엘라 미드 센추리 모던 디자인을 대표하는 세라믹 브랜드가 탄생한 배경이다.

이 시점까지 콜로니아토바르는 험준한 산지에 숨겨진 외딴 마을이었다. 외부인들과의 결혼을 금했고, 변변한 도로 하나 나 있지 않아 산지를 힘들게 내려와 강을 통해 카라카스로 오고갔다. 1967년에야 카라카스에서 콜로니아토바르에 이르는 번듯한 포장도로가 놓이게 되어 마을은 외지인에게 개방되기 시작했고 이국적 건축물과 생활양식, 질 좋은 농산물에 매료된 관광객들을 끌어들이게 되었다. 지역 젊은이들을 도제 방식으로 교육하고 수공예로 소량의 도자기를 생산하던 고텍도 이제는 부분적으로 기계화 공정을 도입하고 실용적인 다양한 제품 라인을 선보이게 되었다. 고텍의 도자기는 깊은 푸른색을 띨 때 특히 아름답다. 카리브해의 깊고 푸른 바다 빛을 닮았다. 얇고 여리고 맑고 투명한 재질이 아니라 투박하고 단단하고 바닥을 알 수 없을 만큼 침묵하는 재질이다. 독일인들이 터전으로 삼기에 가장 적합하다고 판단되는 곳을 선택했음에도 콜로니아토바르는 독일의 산지와 같을 수 없었다. 또한 지리적으로 언어 문화적으로 완벽하게 고립된 공간이었기에 오랫동안 인구 증가가 매우 더딘 편이었다. 그러니 카라카스와 이어지는 도로의 개통이 가져온 효과는 혁명적이라 할 만했다.

이후 마을은 메스티소의 나라에 급속하게 통합되었다. 물론 독일 본토의 혈통을 유지하고 있는 사람들도 소수 보이지만 대부분은 원주민들과의 혼혈 가계를 이어나가고 있다. 독일어를 말하고 쓰지만, 스페인어 또한 그만큼은 구사할 줄 안다. 독일 후손들이어도 독일에는 가보지 못했고 독일과 소통 없이 살아간다. 식당과 호텔이 있고 주말마다 큰 장이 서는 아랫마을과 달리 윗마을에는 맥주와 애플 사이다를 만드는 양조장이 있고 소시지 등의 육가공품을 만들어 파는 가정이나 진저브레드와 호밀빵, 과일잼 등 수제품을 판매하는 가정들이 소규모로 영업한다.

할머니, 아버지로부터 비법을 이어받아 소시지와 브레첼을 만드는 세뇨라 잉게르의 집에 방문한다. 그녀의 스페인어는 수줍다. 그런데 창고에서 애플 사이다를 두 병 꺼내주던 그녀의 손자인 얀이라는 청년은 따로 배우는 독일어가 어렵다고 했다. 초기 정착민들은 폐쇄적인 생활 방식을 유지했고 카이저스툴의 건축 양식으로 붉은 지붕을 올리고는 독일어와 바덴 방언을 고수했다. 그러다 독일어의 변종 언어인 알레마니쉬, 알레만 콜로니에로를 구사하는 인구가 서서히 증가했다. 언어는 진화를 거듭해 표준 독일어와 가볍게 통하지 않는 수준으로 (표준 독일어의 측면에서 본다면) 점차 왜곡되었다. 이들의 독일어는 이전 세대에서 물려받은 요소가 강하고 현지어인 스페인어의 문법 규칙이 변칙처럼 달라붙거나 옛 독일어에 스페인어가 섞여든 신종 어휘들로 채워졌다. 이곳이 자치시로 선포된 1942년까지 그래도 주민 대부분은 독일어에 능통했고, 고립된 마을의 지리적 조건 때문에 스페인어를 제대로 구사하는 사람도 거의 없었다. 소위 '백년 동안의 고독'에 대해 현지 언론 엘 파이스는 특집 기사에서 "식민지 밖

결혼을 금지하는 규칙에 의해 가능한 한 다른 나라로부터 자신을 봉인하는 과정에서 이들은 고향을 다시 만들었다. 백년 동안 그들은 언어, 음식, 복장 및 춤과 같은 조상의 전통을 많이 유지할 수 있었다"고 쓰고 있다. 그러던 상황이 급변한 것은 제2차세계대전 때인데, 베네수엘라가 독일에 전쟁을 선포하면서 콜로니아토바르의 독일어 수업이 금지된 것이다. 그렇게 콜로니아토바르의 공식 언어는 스페인어가 되었다. 이를 계기로 이곳은 다른 지역과 느린 속도로나마 연결을 시도했고 사람들이 스페인어로 말하기 시작하면서 독일어계 방언들이 세를 잃어갔다. 이 시기 주민들은 개인 교사를 통해 독일어와 독일어계 방언을 배우고 익혔다. 이제 주민 대부분은 스페인어를 주로 사용하고 약간의 독일어를 함께 사용한다.

이곳은 해안산맥의 중앙에 숨어 있는 탓에 해발 2,200 미터에 위치한다. 늦은 저녁부터 새벽까지 안개가 자주 끼고 평균 기온도 여름 최고라야 15도가 안 되고 겨울에는 7도까지 떨어진다. 카라카스가 연중 18도에서 24도 정도의 기온을 유지하는 것과는 상당한 차이다. 해발 900미터 정도 되는 카라카스에서 서쪽으로 달리다보면 고도가 낮은 사바나 지대의 무질서한 풀들이 언뜻언뜻 눈에 들어오는 듯하다가 야자수 팔마와 바나나나무 캄부랄, 플루메리아 계열의 넓적 잎새들을 헤치고서 갑자기 자욱한 안개 속으로 꿈처럼 펼쳐지는 다양한 야생 난초와 양치식물을 발치에 둔

콜로니아토바르 시장 풍경.

콜로니아토바르를 만나게 되는데, 이는 잭이 콩나무를 타고 올라온 전혀 다른 세계인 것이다.

새벽 산책을 위해 산장에 머무른다. 그 이름도 셀바 네그라, 검은 숲이다. 높은 봉우리에 올라 안개 자욱한 아랫마을을 바라보다 슬렁슬렁 아랫마을로 내려온다. 빨간 지붕의 집들 사이사이를 걷는 동안 공기가 머금은 물기의 밀도가 옅어지고 시야는 점점 또렷해진다. 교회 앞에서는 상인들이 서커스 단원들처럼 눈 깜짝할 사이 포장을 친다. 복숭아, 토마토, 패션프루트, 무화과, 딸기, 블랙베리, 소시지, 토마토소스, 사과소스, 도자기, 목각 공예품이 진열된다. 카페도 일찌감치 문을 연다. 스트루델과 구겔호프,

카이저슈마른, 슈바르츠벨더…… 메뉴판에 서늘한 유럽식 달콤한 이름들이 이어지다가 다음 페이지에는 크림이 곁들여진 딸기, 츄로스 같은 너무도 남미적 디저트 이름들이 뒤를 잇는다. 10월에는 이곳도 옥토버페스트의 방만함에 빠진다. 독일 전통 음악을 연주하는 악단이 거리에 서고 실내악 축제도 수확의 계절을 축하한다. 콜로니아토바르에는 바이올린 센터가 있다. 바이올린 교습이 아니라 바이올린 제조와 보수, 수리를 책임지고 그 공정을 가르치는 곳이다.

카니발이야 베네수엘라에서도 나름대로 즐기는 방식이 있지만 콜로니아토바르식 카니발 퍼레이드에는 조킬리와 고릴라가 등장한다. 조킬리는 1782년 독일에서 등장한 캐릭터로 조커와 할리퀸이 혼합되어 있다. 그들의 드레스는 옷깃에 방울이 달린 빨간 정장이다. 세 개의 팔이 늘어진 것처럼, 뿔 셋이 달린 왕관처럼, 세 개의 술이 분수 모양으로 곡선을 그리며 내려온 모자를 쓰고 하얀 장갑을 끼고 뾰족한 코가 유머러스한 신발을 신는다. 부활절을 기념하는 행사에도 유럽식 토끼와 달걀이 그대로 등장한다. 시립박물관에는 게르만 민족의 역사, 관습, 전통을 재현해 전시한다. 먼 옛날을 꿈꾸는 메스티소들의 유럽에 대한 꿈이 주기적으로 계속된다.

라빅토리아시로 이어지는 마을의 서쪽 관문 플라시벨 카레테라로부터는 여관 포사다 로마 브리사가 가깝다. 사륜구동 자동차로도 길에서 옴짝달싹 못하게 될 만큼 길이

험한데 일단 경내에 도착하기만 한다면 세상 근심 잊고 천지 고요 속에 몸을 담글 수 있다. 세뇨르 기요마르, 세뇨라 마리셀라 부부는 국립 관현악단에서 호른과 하프를 연주하던 수석 주자들이었지만 카라카스의 경제난이 호전될 기미를 보이지 않자 선대로부터 받은 토지를 개간해 포사다를 운영한다. 스페인 바스크 지방 이민자들의 후손인 이들의 생활상 또한 이 산지가 빚어내는 다각적 프로필의 한 면을 구성한다.

이 역사적인 마을의 중심을 이루는 것은 볼리바르광장 주변의 세인트교회와 여행자의 수호자 성 마틴 교회, 코다치의 집 등이다. 마을의 가장 높은 지점(2,425미터)에는 피카초 코다치(코다치 봉우리)라는 이름이 붙었다. 베네수엘라는 스페인으로부터 독립한 공화국 초기 미개발 지역에 이민자를 불러모으는 작업을 대대적으로 벌였다. 특히 토지개발을 위해 농업적 전통과 소명을 가진 유럽 이민자들의 이주를 모색했다. 이를 위해 호세 안토니오 파에스 정부가 힘을 실어준 인물이 이탈리아 출신의 군사 엔지니어이자 지리학자인 아구스틴 코다치 Agustín Codazzi, 1793~1859였다. 이 프로젝트에 과학자이자 지리학자이며 이름난 탐험가인 알렉산더 폰 훔볼트가 자문 역할을 맡았다. 아구스틴 코다치는 이탈리아의 도시 루고에서 태어나 파비아의 사관학교를 다녔고, 나폴레옹 군대에 입대했다. 그의 모험심 근저에는 극심한 생활고가 있었다.

1815년 나폴레옹의 패배와 함께 곧 영국 군대로 넘어가 친구 페라리와 함께 전투에 참여하기 위해 콘스탄티노플로 떠났으나 배가 난파되고 만다. 이에 당시 기회의 땅으로 알려져 있던 북미로 향했고 볼티모어와 플로리다를 거쳐 멕시코 독립 전쟁에 참여하기까지 한다. 남미 자유의 이상에 매료된 그들은 자신들의 군사적 전문성이 높이 평가될 것이라 확신하여 남아메리카까지 내려가 해방자 시몬 볼리바르의 군대에 투신한다. 전쟁이 끝난 1819년 이탈리아로 귀국한 그들은 시골 농경지를 사 소작을 주고 지주로 지낸다. 그러나 반복되는 일상의 무료함에 질린 나머지 코다치는 친구에게 모든 재산을 줘버리고 그야말로 사건이 끊이지 않는 남아메리카 땅으로 다시 떠나기에 이른다. 그는 베네수엘라에서 결혼해 가정을 꾸리고 이제는 동서로 국토를 횡단하는가 하면 이 땅에서 유럽인들의 전형적인 답사 지역인 오리노코강 탐사에도 돌입한다. 베네수엘라 육군의 대령이 된 코다치가 그때부터 일생일대의 작업으로 삼은 것은 베네수엘라를 비롯한 그란콜롬비아의 지리 조사와 국토 지도화 사업이었다. 지방 군벌 카우디요들에 무장으로 맞서야 하는 위험을 감수하고 신생 국가인 독립 베네수엘라의 열한 개 주를 돌며 자연, 정치 지도 제작(『베네수엘라 지방의 지리와 아틀라스 Atlas Fisico y Politico de la República de Venezuela』)에 몰두했고 참모총장의 자리에까지 임명되기에 이른다. 이후 그는 호세 안토니오 파에스 대통령으로부터 베네수엘라 시민권을 취득하고 베네수엘라 남서부 지역인 바리나스 주지사가 되었다. 파에스의 몰락과 함께 군사 봉기가 일어나면서 코다치는 콜롬비아의 쿠쿠타로 탈출해야 했고, 그곳에서는 또 콜롬비아 정부를 위한 군사적 의무와 함께 지리 측정 및 지도 제작 활동을 계속했다. 베네수엘라 독립 직후의 혼란이 어느 정도 수습되자 그는 지리학자로서의 활동으로 돌아가 콜롬비아와 에콰도르 등지의 아마존과 안데스 일대를 탐험하고 방대한 양의 자료를 저서로 남기기도 했다.

아구스틴 코다치의 유골은 1942년 베네수엘라의 국립 판테온에 안장되었다. 판테온에 머문다는 것은 그가 국가의 영웅으로 대접받는다는 뜻이다. 그곳은 바로 시몬 볼리바르의 유해가 안치된 곳이다. 이렇게 이탈로 베네솔라노(이탈리아 출신 베네수엘라인)의 한 인생이 최고봉의 이름으로 이민자들의 산지 콜로니아토바르에 걸려 있다.

8. 타인은 지옥일까: 산베르나르디노와 라칸델라리아에서

카라카스의 오래된 거리 모습을 담은 커다란 사진집을 펴놓고 볼리바르광장 주변의 모습을 보여주자 세피아 갤러리를 운영하는 발랄하고 다정한 세뇨라 로사블랑카는 한숨을 쉬며 말했다. 저 동네 마음놓고 걸어본 게 언제인지 기억이 나질 않네. 카라카스의 역사 지구가 범죄 1번지가 되다니 기가 찰 노릇이지. 대성당에 들어갔다가 종종 점심 먹는다고 들르던 꽤 괜찮은 스페인 식당도 그 근처에 있어. '라 시타La Cita'는 사실 식당 그 이상이지. 저 가로수길에 쭉 늘어선 사람들이 낮고 굵은 목소리로 오로(금), 오로를 외치곤 했어. 성당 앞 골목에 가면 말이야, 금 산다는 사람들이 자꾸 말을 건다구. 내가 어릴 때부터 그랬고 그전에도 그랬다고 어른들은 말씀하셨으니 과장해서 말하자면 뭐 백년 전에도 그랬을지 몰라. 금의 가치라는 게 돈의 가치보다 훨씬 안정적이었던 시절이었고 대성당으로야 온갖 사람들이 끊임없이 들고 나니까. 그녀에게 과거완료형으로 남은 골목들이 내겐 현재진행형이 되었다.

킨타 데 아나우코라는 역사적인 가옥에 자리잡은 식민지미술박물관에서 작은 음악회가 열렸다. 그러니까 킨타 데 아나우코는 가옥의 본래 이름이고 식민지미술박물관은

식민지미술박물관에서 발견한 벽화.

그 가옥의 현재 쓰임새에 붙은 이름이다. 경내 카를로스 로드리게스 란다에타 홀 리뉴얼 기념으로 박물관 운영회에서 작은 미국 소울 음악회를 마련한 것인데, 정부 보조금 없이 협회 차원에서 운영되는 이곳은 스페인 식민시대의 가장 오래된 예술품과 공예품을 '진품'으로 볼 수 있는 베네수엘라에서 몇 안 되는 장소 중 하나이다. 최근 미흡한 관리 상태를 우려한 미국대사관의 후원이 있었고, 협회는 감사의 표시로 미국산 음악들로 프로그램 대부분을 채웠다. 〈Sometimes I feel like a motherless child 때로 나는 엄마 잃은 아이 같다네〉 같은 흑인 영가 여러 곡, 영화 〈스팅〉을 떠올리게 하는 스콧 조플링의 래그타임 몇 곡, 조지 거슈윈의 피아노곡이 1부를 장식했고, 2부에는 20세기 베네수엘라 작곡가들, 호아킨 실바디아스, 모이세스 몰레이로의 소품들이 연주되었다. 검은 피부의 메조소프라노 가수 멜바는 마치 흑인 노예의 영을 안은 듯 슬픔을 가득 채우면서도 라틴아메리카인 특유의 활력으로 노래를 이끌어갔고, 피아니스트 엘리자베스는 음악사가로도 이름난 만큼 곡 하나하나마다 적절한 해설을 덧붙이는 데 능했다. 특히 20세기 전반 베네수엘라 작곡가들이 동시대 프랑스, 미국을 중심으로 활동하던 작곡가들로부터 받은 영향이라든가 라벨, 스트라빈스키, 거슈윈 음악의 특징을 재치 있게 풀어내 즉석에서 변주를 선보이기도 했다. 마지막 연주는 모이세스 몰레이로가 피아노곡으로 편성한 호로포였다. 베네수엘라의 여러 전통 음악 형식 중 템포가 가장 빠른 평원의 소리 호로포 덕분에 청중은 휴일 오후 어깨와 손목, 발바닥을 가만두질 못했다.

소리를 들었으니 이제 식민지미술박물관을 둘러볼 차례다. 18세기 말 플랜테이션 농장인 아시엔다의 소유주 후안 하비에르 미하레스의 가족 별장으로 지어진 이 건물은, 지금이야 카라카스 구도시의 중심이라 할 수 있는 산베르나르디노의 시작점에 있지만 건축 당시에는 커피와 사탕수수, 다양한 과일나무가 우거진 지역이었다. 이 가옥이 큰 의미를 갖게 된 것은 5대 소유주인 마르케스 델 토로 때문인데 그는 독립운동 당시 공화당 군대를 이끈 사령관이자 독립법의 서명자이며 독립한 베네수엘라의 공화국 군대를 이끈 인물이다. 독립의 옛 영웅들과 공화주의로 직조된 전설적인 장소라 할 만하다. 해방자 시몬 볼리바르도 1827년 1월부터 7월까지 카라카스에서 지내던 시기 이 가옥에 자주 머물렀다. 그는 7월 5일 라과이라 항구를 통해 콜롬비아로 떠나 다시는 이곳으로 돌아오지 못했다. 스페인 식민시대의 건축양식과 예술품을 보존하고 전시할 목적으로 이곳에 박물관이 꾸며진 것은 1961년의 일이다. 박물관 내 모든 가구와 그림, 집기 들은 빠짐없이 18~19세기에 제작, 사용된 진품이지만 본래 킨타 데 아나우코에 모두 있던 것들은 아니고 박물관을 꾸리면서 베네수엘라 각지로부터 모은 것들이다. 넓은 두 개의 안뜰이 있고 지붕이 있는 복도를 따라 바깥채에서 안채로 연결된다. 도시의 연원을 둘러싼 비밀을 감추고 있는 오래된 분수, 스페인으로부터 배에 실어 온 '정통' 성상들과 카리브의 빛과 신에 물든 '혼합' 성상들, 신고전주의 양식의 가구들과 현지의 수목 사이에서 웅장함을 발휘한 콜로니얼 양식의 가구들까지, 가옥의 여러 방을 채우고 있는 유물과 예술품을 따라 발길을 옮기다가 눈길이 멈춘 곳은 응접실처럼 보이는 곳의 벽화였다. 바윗길이 굽이굽이 펼쳐지고 아름답고 신비로운 식물들이 길목마다 선물처럼 펼쳐진 식민지의 풍경이다. 노란 들꽃이 무릎 아래로 흩뿌려져 있고 머리 위로는 야자수도 한 그루, 극락조화도 한 그루, 세이바도 여러 그루 보인다. 고개를 넘는 검은 피부의 남자가 있다. 노동이 힘겨운지 입을 굳게 다물고 눈을 크게 뜬 채 아래로 시선을 떨구고 있다. 옷도 온통 검은색 일색이라 그는 하나의 검은 덩어리처럼 보인다. 어깨에는 지게를 졌는데 거기엔 체구가 작은 크리오요 여인이 앉아 있다. 여인은 채색옷을 입었고 표정에 여유가 있으며 주위를 둘러보는 눈치다. 나는 스페인 정복자들이 이 땅에서 구현하려 한 유토피아의 모습이 이것이라고 느꼈다. 그 방의 풍경은 누군가에게는 부드러워서 아련한 파스텔 색조의 꿈이었지만 누군가에게는 가도 가도 끝이 없는 피착취의 길만 계속되는 잿빛 현실이었다.

멕시코 작가 카를로스 푸엔테스는 『라틴 아메리카의 역사』에서 풍부한 상상력과 이야기꾼다운 재치로 라틴아메리카인들의 역사 인식을 생생하게 제시한다. 그는 오스만제국이라는 거인의 손아귀에서 벗어나 지중해 밖에서 돌파구를 찾으려 했던 필사적 노력이 유럽 열강으로 하여금 아메리카를 상상하게 만들었다고 주장한다. 아메리카는 발견된 것이 아니라 유럽인의 상상력과 희구에 따라서 존재해야 할 필요성이 있었다는 것이다. 르네상스 유럽에는 단지 회복된 황금시대가 요청되었는데, 피렌체 출신의 탐험가 아메리고 베스푸치는 최초로 이 대륙을 신세계라 명명했다. 이 신대륙에 실질적 발견자인 그의 이름이 붙은 것은 당연하다. 황금을 경멸하고 공동생활을 영위하는

시몬 볼리바르 생가의 벽화.

사람들이 사는, 엄연한 하나의 사회로서 이 유토피아적 세계를 제국의 권력자들은 도륙하고 약탈하고 경작하기에 이르렀다. 나폴레옹 전쟁은 식민지 아메리카가 새로운 통상관계를 숙고하게 했다. 스페인이 유럽의 분쟁 속에서 허우적거릴수록 스페인계 아메리카는 당시 급속히 발전하고 있던 미국과의 교역에 그 의존도를 높여가고 있었다. 스페인을 다스리던 왕 페르난도 7세가 왕위를 잃으면서 라틴아메리카의 크리오요들은 그들이 거주하던 땅의 주권이 당연히 자신들에게 돌려져야 한다는 자각에 이르렀다. 그 중심에 선 인물이었던 시몬 볼리바르는 옛 그란콜롬비아 지역에서 '혼혈' 인류를 이 땅의 주인으로 당당히 선포한 국부國父로서 추앙되는데 카라카스의 가장 오래된 거리로 둘러싸인 라칸델라리아 지구 곳곳이 그를 기린다.

대성당 맞은편 시몬 볼리바르 생가로 들어갔다. 생가에서 볼리바르의 일생과 그의 이상을 설명해주고 있는 것은 벽화와 천장화였다. 마치 성경을 직접 읽을 수 없었던 민중에게 교회의 성화나 스테인드글라스가 성경의 세계를 이미지로 펼쳐보이는 것과 같은 방식이다. 시몬 볼리바르Simón Bolívar, 1783~1830는 16세기 스페인의 바스크 지방에서 베네수엘라로 이주해온(19세기를 살았던 사람을 이야기하며 16세기로 거슬러 올라가는 이민사를 언급하는 것이 필수적인 사회가 라틴아메리카다) 지주이자 장교 가문에서 태어났지만 어릴 때 부모를 여의고 흑인 유모의 손에서 자랐다. 이 크나큰 상실의 경험과 '대체 부모'였던 유모의 영향력은 그에 대한 전기에서 끊임없이 이야기된다. 1799년 청년 볼리바르는 당시 상류계급 젊은이들에게 정해진 코스였던 유럽 여행을 떠났다. 구세계를 목격하고 그에 대응하는 개념인 라틴아메리카를 새롭게 발견했다. 결혼 8개월 만에 신부를 열병으로 잃고 독립과 혁명만을 신부 삼았다. 나폴레옹의 등장에 크게 고무되었고 그의 대관식을 목격하고 크게 실망했으나 공화제에 대한 열망이 사그라든 것은 아니었다.

> 나 자신의 명예와 내 선조의 하느님의 이름으로, 그리고 내 조국의 이름으로 맹세한다. 나의 마음과 나의 팔뚝은 스페인의 권력이 우리를 속박한 그 사슬을 깨뜨릴 때까지 한시도 쉬지 않을 것이다.

나폴레옹이 러시아 원정을 단행함으로써 스페인 군주 페르난도 7세는 복귀했고 유럽의 반동은 강도를 더해갔다. 볼리바르는 노예들이 독립 전쟁을 위한 군대에 입대한다면 즉시 노예 신분에서 해방될 것이라고 선언했다. 식민지의 존속보다는 흑인들과의 평등을 더 두려워했던 크리오요 계급의 토지 소유자들은 경제적 자유를 획득하기 위하여 독립을 지지했지만, 흑인들에게 평등의 권리를 똑같이

판테온 천장 벽화.

부여하는 것에는 반대했다. 흑인들은 스페인 지배 세력을 믿지 못했던 것처럼 볼리바르의 해방 군대도 믿기 어렵다고 여겼다. 이때 볼리바르의 군대에 적극적으로 가담한 중심 세력은 오리노코강 유역 평원에 사는 야네로들로 구성된 연대였고 이들의 지휘관 역할을 한 이가 지방의 군사 지도자인 카우디요였다. 이들은 토지를 받는다는 조건으로 전쟁에 나갈 준비가 되어 있었다. 볼리바르의 군대는 안데스산맥을 넘고 밀림을 헤치고 나와 1819년 보야카에서 콜롬비아를, 1821년 카라보보에서 베네수엘라를 해방했다. 그리고 그는 스페인으로부터의 독립뿐만 아니라 하나의 정체성 아래 '통일'을 원했고, 그가 찾은 스페인계 아메리카의 정체성은 선주민과 스페인 사람들 사이에 탄생한 '혼혈인종'이었다.

북부에서 시작한 시몬 볼리바르와 남부에서 시작한 산마르틴은 라틴아메리카의 완전한 독립을 눈앞에 두고 에콰도르 과야킬에서 처음이자 마지막으로 대면했다. 시몬 볼리바르가 크리오요 지주들과 카우디요 세력의 실력 행사로 고민에 빠진 것처럼 산마르틴도 페루를 해방하고 인디오의 공납과 광산에서의 강제 노동을 폐지하자 토지 소유에 기반을 둔 식민지 체제의 근본적 개혁에 반대하는 페루 과두 계급에 부딪혀 실제적인 변화를 이루어내지 못하고 있었다. 해법에 대해 둘은 생각이 달랐다. 민주적 시민 교육을 통해 제도적 성숙을 이루기까지 볼리바르는 강제적인 힘의 행사가 필요할지 심각하게 고민했지만, 산마르틴은 군사정권의 통치에 강력하게 반대했다. 신생 공화국의 붕괴와 무정부주의를 두려워한 볼리바르는 1828년 스스로 그란콜롬비아 최고 통수권자의 자리에 올랐다. 독재자라는 오명을 쓰고 그는 콜롬비아의 지방을 쫓기듯 거닐다 산타마르타에 이르러 47세의 나이에 생을 마감한다. 마르케스는 『미로 속의 장군』에서 영웅화의 과정에서 덧입은 아우라가 사라진 해방자의 열패감과 고독을 엄청난 상상력으로 그려낸다. 그는 실제로 손가락질 받았고 쫓겼으며 쓸쓸하게 죽어갔다. 그리고 세월이 지나 생가가 복원되고 신화적 벽화가 그려졌다. 노예 산업과 플랜테이션 경제에 기반한 불평등과 착취와 소외는 스페인으로부터의 독립 이후에도 이 땅의 진정한 해방을 방해하는 검은 그림자로 남았다.

그러나 그는 아무튼 베네수엘라로 돌아오게 되었다. 죽었으나 죽지 않는 독립의 정신으로. 그리고 후대 정치가들은 누구나 그의 후계자임을 자처하고 나서는 형편이다. 나는 생가를 빠져나와 자연스러운 경로로 판테온에 오른다. '오른다'고 말하는 이유는 라칸델라리아 지구가 아빌라에 가까워지는 북쪽으로 갈수록 경사를 이루기 때문이다. 우리는 지형적으로 오르지만 정신적으로도 오르게 된다. 우리는 다른 판테온을 또 알고 있다. 파리에도, 로마에도 판테온이 있어 신처럼 추앙되는

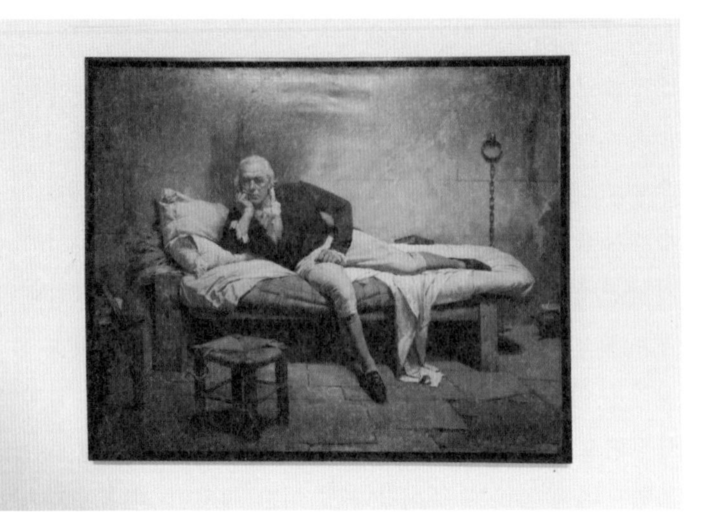

아르투로 미셸레나, 〈라카라카의 미란다〉, 1896.

인물들이 하나의 기념비로 서 있다. 카라카스의 판테온은 1744년부터 폐허로 서 있던 산티시마 트리니다드 교회 자리에 1870년대 조성된 만신전이다. 중앙 제단에는 시몬 볼리바르의 청동 석관이 놓여 있고 좌우로 국가 영웅들이 영면한다. 시몬 볼리바르의 스승으로도 알려진 인문학자이자 교육자, 외교관 안드레스 베요, 작가이자 대통령 로물로 가예고스, 미국독립전쟁과 프랑스혁명에도 참여한 혁명가 프란시스코 데 미란다, 화가 아르만도 레베론과 세사르 렌히포, 의사이자 대통령이었던 호세 마리아 바르가스, 과학자 라파엘 랑헬, 언론인이자 변호사였던 세실리오 아코스타 등 셀 수 없이 많은 이름이 보인다. 버킹검궁전의 근위병들처럼 시몬 볼리바르를 지키고 섰던 군인들의 교대식이 열린다. 제단 정면은 고전주의 양식으로 꾸며졌고 뒷배경을 이루는 벽면과 바닥은 빛의 반사 효과가 두드러지는 소재를 써서 미래적인 느낌을 준다. 시몬 볼리바르는 라틴아메리카에서 스페인의 지배에 맞서 개별적으로 저항하던 세력을 통합하여 미국처럼 연방제로 운영되는 그란콜롬비아 공화국을 꿈꿨다. 연방주의자들과 분리주의자들은 각자 자신들의 셈법으로 움직였고, 라틴아메리카에 규모 있는 연방제 국가가 하나의 세력으로 커가는 것을 원치 않기는 미국도 마찬가지였다.

거리로 나오니 이민 및 여권 사무소 앞으로 끝없는 줄이 늘어서 있다. 여권 갱신이 되지 않아 해외에 일자리를 얻고도 출국할 수 없는 사람들은 그 기다림이 당연할 줄 알고 무기력하게 주저앉아 기다리고 또 기다리고, 저 멀리 군사박물관으로 올라가는 높은 계단에는 마치 네팔 부다나트의 스투파 탑처럼 두 눈이 우리를 내려다보고 있다. 국립미술관 책임 큐레이터로 일하는 엔나이 킨테로가 마침 아르투로 미셸레나 특별전이 열린다며 오프닝에 초대했다. 나는 프란시스코 데 미란다Francisco de Miranda, 1750~1816의 초상화 앞에 섰다. 스페인 카디스의 해군기지 감옥에 수감되어 생의 마지막 날을 보내는 그를 그린 〈라카라카의 미란다〉다. 빈약하기 짝이 없는 간이침대에 비스듬히 누운 그는 위엄을 잃지 않는다. 그는 스페인 카나리아제도 출신 이민자 가정에서 태어나 크리오요로 부유한 삶을 살았지만, 스페인 출생 백인들로부터는 순혈임을 증명하라는(카나리아제도의 자리적 특성상 그 가계에 아프리카계나 이슬람계, 혹은 유대계 피가 섞여들어가지 않았는지 끊임없이 의심하는) 요구에 시달리며 차별당했고, 식민지 인구의 대다수를 차지하는 메스티소나 기타 혼혈인종들로부터는 특권층이라는 질타를 피할 길이 없었다. 그는 대담한 여행가로 유럽 전역과 소아시아, 미국의 대서양 연안 곳곳을 경험했고 프랑스혁명과 미국독립혁명에 직접 참전할 만큼 열정적인 혁명가이기도 했다. 흔히 볼리바르나 산마르틴에 앞서 스페인과 포르투갈 식민 지배에 있던 북중남미 아메리카 독립운동의 길을 예비한 자로 인정받는다. 왕당파의 기세를 공화파가 제대로 제압하지 못하던 시절, 그는 협상을 주도하다가 반역죄로 몰려 볼리바르 측에 의해 스페인에 넘겨진다. 이 초상화는 그렇게 스페인 감옥에 갇힌 미란다의 모습을 그린다. 나를 사로잡은 그의 면모는 뛰어난 연대기 작가로서의 업적에 있었다. 18세기 말부터 19세기 초에 걸쳐 그가 목격하고 이행한 여러 사건에 대한 방대한 기록은 현재 베네수엘라 국립 역사 아카데미가 소장하고 있고 유네스코 세계 문화유산에 등재되어 있다. 그는 1790년부터 꾸준히 라틴아메리카의 독립을 추진했는데, 대영제국에 자신의 계획을 제시하였고, 과업 착수에 협조를 얻기 위해 혁명기의 프랑스를 방문하였으며, 미국 민주주의를 갓 탄생시킨 정치가들에게 자신의 계획을 널리 알렸다. 이와 동시에 헌법을 기초하고 침공 계획을 수립하는가 하면, 성명서를 작성하고 회합을 주선하며 자금을 모았다. 이 모든 일이 라틴아메리카 영토의 독립이라는 한 가지 목적을 위해서였다. 대변화의 시대를 감지하는 그의 촉수는 술탄국 모로코의 무어인과 에스파냐 사이의 전쟁, 미국의 독립 과정과 그 독립 전쟁에 결정적 영향을 미친 프랑스와 에스파냐의 참전, 예카테리나 대제 시대 제정 러시아의 실상, 프랑스혁명과 그로부터 비롯된 국제 분쟁, 스페인령 아메리카 식민지에서 일어난 초기 독립 투쟁 등에까지 이르렀다. 이 모든 일에 그는 적극적으로 가담했다.

사르트르는 말했다고 한다, 타인이라는 지옥에 대해. 그러나 '완전한' 타인의 땅인 신대륙에서 만나는 '완벽한' 타인인 신인류 혼혈인이야말로 자아라는 거울에 갇힌, 탐욕스럽고 이기적인 인류의 세계관을 깨우칠 신의 종소리 같은 존재라고, 이 역사적인 인물들은 기록으로 말하고 있다.

에필로그

간절함을 내려놓은 다음 나타나는 풍경

베네수엘라의 서부 안데스 지방엔 설산이 있고 동남부 아마존엔 전형적인 열대우림기후를 보이는 밀림이 있지만 해발고도 900미터의 도시인 수도 카라카스만큼은 365일 온화한 날씨가 이어진다. 대개 사계가 명확하거나 종종 추운 계절이 가혹하게 길기도 한 데서 살다가 연중 봄기운이 계속되는 도시에서 사는 경험은 분명 낯선 것이었다고 할 만하다. 이 상춘의 도시에서 나는 산책을 쉬지 않았고, 그것이 나로 이 도시를 살게 했다. 긴장했던 근육을 이완하고 생각의 찌꺼기들이 햇빛에 산화하도록 북돋우고, 마음의 부담을 돌이켜 작은 시작을 일구어나갔다. 산책을 나설 땐 목적지가 딱히 없고 어느 부근을 걷겠다는 대략적인 계획이 있을 뿐이었지만 그 계획이란 것도 실은 언제든 폐기될 수 있다는 점에서 계획이자 계획이 아니었다. 이때 침노하는 세상, 무너지고 다시 쌓아올리는 내면을 만나게 되었다. 충실한 산책자 제발트는 이렇게 말한다.

> 그의 오른편에는 좁고 길쭉한 시르미오네곶이 호수를 향해 뻗어 있고 왼편에는 마네르바로 이어지는 아득한 호안이 펼쳐진다. 아무것도 하지 않고 호숫가에 그냥 누워 있기. 이것은 심신이 여유로울 때 K 박사가 가장 좋아하는 일 중 하나다. (…) 그의 마음에 위안이 되는 것은 이제 자신이

> 어디에 있는지 아무도 모른다는 사실뿐이다. 그날 오후 데센차노 주민들이 얼마나 오래 프라하의 부사무관을 기다리며 서 있었는지, 그리고 마침내 실망을 안고 흩어져서 집으로 돌아간 것이 언제쯤인지 알려진 것은 없다. 아마도 그중 누군가는 다음과 같은 한마디를 남겼을 수도 있다. 우리가 희망을 품고 기다리는 인물은 항상 간절함이 사라진 다음에야 나타난다고.
>
> W.G. 제발트, 『현기증. 감정들』, 문학동네, 145~146쪽.

간절함을 내려놓은 다음 나타나는 풍경! 불안한 치안 때문에 산책이 거의 불가능한 도시라고들 했지만, 이미 시작된 어제의 산책이 오늘 다시 밖으로 나오라며 손 내밀곤 했다. 딱 걷는 만큼만 이 도시가 내게 보여줄 얼굴이 있을 거라 믿었다. 그 대담한 선언에 이 도시도 드디어 반응하여 내 앞에 자신의 몽상가들을 하나둘 뱉어놓았다.

대표적 몽상가라고 할 수 있을 차베스는 국가가 교환가치에 의한 이윤을 추구하지 않고 사용가치를 생산해내는 이상향으로서 21세기 사회주의를 주창하며 '공동체의 자기 경영'이 그 수단이 되기를 바랐다. 그는 사민주의가 자본의 논리를 오히려 강화한다는 점에서 바람직하지 않다고 보고, '21세기 사회주의'의 일부로서 새로운 국가 모델인 '코뮨 국가' 건설을 추진해나가겠다고 선포했다. 그리고 그 이듬해 차베스는 사망하며 차베스주의는 한낮의 꿈처럼 흘러가버린 듯하다.

그곳의 가려진 풍경에 나는 잠시 들어갔다가 나왔다고 말할 수도 있겠다. 영문 모르고 어리둥절 제자리만 빙글빙글 돌던 나를 받아들여준 카라카스와 어떤 사귐이 있었다고도 말할 수 있겠고. 이 글 모음은 그래서 카라카스와의 대화록이자 연애편지라 할 만하다. 현재를 정확히 붙드는 법을 알려준 카라카스의 친구들에게 고마움과 그리움을 전한다.